愛經典

閱讀經典，成為更好的自己。

夜間飛行

Antoine de Saint-Exupéry
安托萬・德・聖-埃克蘇佩里——著
劉君強——譯

緣起

愛經典

卡爾維諾說：「『經典』即是具影響力的作品，在我們的想像中留下痕跡，並藏在潛意識中。正因『經典』有這種影響力，我們更要撥時間閱讀，接受『經典』為我們帶來的改變。」因著經典作品獨具的無窮魅力，時報出版公司特別引進「作家榜」品牌母公司大星文化策劃的「作家榜經典名著」，推出「愛經典」書系，期能為臺灣的經典閱讀提供最佳選擇。

這一系列作品，已出版近百本，累積良好口碑，榮登各大長銷榜。這些作家都經時代淬鍊，作品雋永，意義深遠。我們所選的譯者，許多都是優秀的詩人或作家，譯文流暢通順好讀，更能傳遞原創精神與文采意涵。因為經典，時報特別對每部作品皆以精裝裝幀，更顯質感，絕對是讀者閱讀與收藏經典的首選。

現在開始讀經典，成為更好的自己。

目次

獻給狄迪爾・杜拉先生[1]

1 狄迪爾・杜拉（Didier Daurat，一八九一—一九六九），法國航空事業的先驅。他是聖-埃克蘇佩里的上司。

導讀

永遠的小王子

「很久很久以前，有個小王子，住在一個和他身子差不多大的星球上，他需要朋友……」

這是聖-埃克蘇佩里在那本最為我們熟知的《小王子》中的一句。這部只有三萬多字的中篇童話，一經出版，便收穫了無數讀者的喜愛。關於小王子的故事，作者曾說：「我不希望世人漫不經心地看這本書。」

事實上，不僅是《小王子》，在作者的其他作品，如《風沙星辰》和《夜間飛行》，甚至給家人的信件中，都有一種勾起你內心最溫暖情感的力量。可以說，這些文字就是小王子在童話世界以外的探險。你會發現，每讀幾行，就有某個句子、某個故事或者某個細節落進你的心裡，喚醒你曾經的記憶。不管你是一個多麼粗枝大葉的人，閱讀時都不會「漫不經心」。這就是經典的魅力：哪怕你初次閱讀，也會像你曾經讀過一樣；而你想真正讀懂它，或許需要一輩子。

作者：是小王子，也是空軍飛行員

在讀本書之前，我們先來瞭解一下作家聖-埃克蘇佩里吧。

聖-埃克蘇佩里全名安托萬．德．聖-埃克蘇佩里，一九〇〇年出生在法國的一個貴族家庭。他的祖父費爾南曾做過法國南部洛澤爾省副省長。父親讓．德．聖-埃克蘇佩里襲了爵位，三十三歲時迎娶同樣貴族出身的瑪麗．德．馮斯科隆布（母親家世襲男爵爵位），兩人育有五個孩子。安托萬排行第三，上有兩個姊姊，下有弟弟和妹妹。一九〇四年三月，讓．德．聖-埃克蘇佩里在里昂拉福德火車站突發腦溢血去世，安托萬年僅四歲。

父親去世後，母親瑪麗獨自撫養五個孩子。一九一七年，安托萬十七歲時，十五歲的弟弟弗朗索瓦因病去世。弟弟死前異常平靜地對安托萬說：「沒辦法，我就是快死了；什麼時候離開人世不是我能決定的，這是身體決定的。」弟弟還說：「你不要怕……我不難受，我不痛苦，你別忘記了，把這些寫下來吧……」弟弟的死深刻影響了安托萬對死亡的看法。在《小王子》中，小王子離開地球的時候也異常平靜。小王子還這樣談論自己的死並且安慰飛行員：「這就像扔掉一張老樹皮。那些老樹皮，不值得傷心……」

聖-埃克蘇佩里童年時期曾生活在里昂附近的聖莫里斯城堡，城堡裡至少有八個僕人和管家。他長著一頭金色的鬈髮，在城堡裡就像小王子一樣得到全家人的寵愛。良好的家庭教養與文化薰陶，讓全家人都極具文藝氣質。安托萬的兩個姊姊後來都成了作家，母親瑪麗也出版過詩集和回憶錄。

早在一九一二年，十二歲的安托萬就迷上了飛機，他在那個夏天經常騎自行車到離聖莫里斯不遠的昂貝略貝利埃弗爾機場找人瞭解飛機飛行的原理，並寫下了他的處女作，表達自己對飛機的癡迷——

機翼的顫動擾亂黑夜的呼吸／引擎的歌聲搖晃沉睡的靈魂／太陽塗抹我

們，用蒼白的顏色

一九二一年四月，安托萬應徵入伍加入空軍，但擔任的是地勤工作。為了能駕駛飛機，他自掏兩千法郎學會了飛機駕駛，如願以償地成為飛行員。一九二二年十月，安托萬晉升少尉，調駐巴黎近郊布爾歇軍事機場。在巴黎，安托萬和同樣出身貴族的女作家路易絲訂了婚。一九二三年春天，安托萬遭遇第一次飛機失事，在布爾歇機場摔得頭骨破裂。康復後，路易絲家族極力反對他繼續當飛行員，安托萬不得不離開空軍。隨後，他在工廠擔任生產監督員。一九二三年秋天，他與路易絲感情破裂，解除婚約。接下來，他加入蘇勒卡車公司做銷售代表，陷入了人生的低谷。

一九二六年，安托萬受拉德高埃爾航空公司的聘請，重返藍天，執飛法國南部土魯斯和非洲達卡之間的郵政航線。一九二七年，安托萬被任命為摩洛哥朱比角基地負責人，他和三名技術人員在這個背靠沙漠、面臨大海的荒涼基地工作了一年多。一九二九年，安托萬被派駐南美，開拓南美航線。一九三五年十二月，安托萬和技師安德烈·普雷沃駕駛飛機參加巴黎－西貢航線競賽，試圖創造飛行速度紀錄。在經過二十小時的飛行後，飛機在撒哈拉沙漠墜毀。他和同伴在第四天被摩爾人發現並獲救，奇蹟般死裡逃生。

一九四〇年，法國被德國占領，安托萬流亡到美國。一九四三年四月，安托萬要求加入盟軍空軍，參加反法西斯戰爭；因為他年紀大，身體多處負傷，盟軍多次拒絕他的要求。最後，安托萬求見了美國駐地中海地區空軍司令，才終於得到允許。安托萬被分配到法國自由空軍第三十三飛行大隊第二中隊偵察機組，執飛**P-38**閃電戰鬥機。此時，他的年齡已經超出前線飛行員平均年齡八歲之多，是年齡最大的空軍飛行員。本來盟軍只允許他執行五次飛行偵察任務，但在他的堅持下，任務一再加碼。一九四四年七月三十一日，在執行第九次飛行偵察任務時，安托萬離奇失蹤，再也沒有回到人間。

安托萬失蹤後，他的母親和千萬個讀過《小王子》的讀者一樣，一直相信他還活著，只是像小王子一樣飛往了**B612**號星球。他的母親在詩中寫道：

> 他追求光明／於是飛越天際／迎向星辰／天國的朝聖者／是否安抵上帝的燈塔？／啊，若果真如此／在我的黑紗之下／淚水或可稍止

其實，就在安托萬執行偵察任務的前一天，德軍擊落了一架美國飛行員駕駛的閃電戰鬥機。從科西嘉島的盟軍基地肉眼可見飛機中彈後下墜的情形。這架飛機墜入了地中海，基地的無線電塔臺聽到了飛行員最後短促、淒厲的哀嚎。

但安托萬沒有退縮。第二天早上，他依然駕駛著 P-38 閃電戰鬥機從科西嘉島起飛，前往法國南部執行時長四小時的偵察任務。然而，四個小時過去了，飛機遲遲未見返回，塔臺也收不到安托萬的任何訊息。下午兩點半，大家不得不放棄希望了。當年九月，安托萬被正式宣布失蹤。

一九六七年，一塊石碑被安放在供奉著法國歷史上最傑出人物的先賢祠主殿的牆壁上，碑文寫著：

紀念安托萬・德・聖-埃克蘇佩里

詩人，小說家，飛行家

一九四四年七月三十一日執行飛行任務時失蹤

一九九八年九月七日，一個馬賽漁民在捕魚時撈到了刻有聖-埃克蘇佩里名字的銀手鏈。二〇〇三年，聖-埃克蘇佩里執行飛行任務時駕駛的P-38閃電戰鬥機在馬賽外海被發現，隨後飛機的起落架和照相機系統被打撈上來，並被保存在法國航空航太博物館。

星空與沙漠：是死亡之海，也是智慧之書

一九〇三年十二月十七日，萊特兄弟製造的第一架飛機「飛行者一號」在美國北卡羅萊納州試飛成功，把人類的飛天夢想變成了現實，也使得飛行員成為二十世紀初的主角和英雄。不斷刷新的飛行速度紀錄給當時的人提供了極大的刺激，那時的「空中競賽」就好比一場進行了數十年的奧運會。

飛機也為我們看世界提供了不一樣的視角，使我們生存的巨大星球縮小為一個小小的世界。

世界上的飛行員很多，作家也很多；但既是飛行員又是作家的人不多，既是飛行員、作家，還是冒險家的人就更少了。而既是飛行員又是冒險家，曾擁有過兩架飛機，經歷過第一次世界大戰、參與了第二次世界大戰的作家，只有聖-埃克蘇佩里這一個。

當通過這些身分來辨認聖-埃克蘇佩里時，我們就能知道他作品的唯一性和價值所在；我們也就能懂得了，這個英年早逝的作家為什麼在世界文學史上擁有如此高的地位。

二十世紀初期，天空還是一片有待探索的廣袤領地。由於飛機的性能和導航系統完全無法與今天的相比，大約每三次飛行中就會出現一次故障，因此，每一次飛行都是一場生死冒險。而當年，聖-埃克蘇佩里在摩洛哥朱比角的基地駐守以及後來開闢南美洲郵航路線時，不僅要和沙塵暴、酷烈的陽光、狂風、暴雨、高山、峽谷等自然力量搏鬥，還要和各種政治力量較量。當時的撒哈拉沙漠還有許多未歸順、反抗法國的部落，當飛機迫降在沙漠中時，飛行員可能被渴死，也可能被扣作人質，甚至被虐殺。

一九二六年，二十六歲的安托萬拿到了公共運輸飛行員的駕駛資格證，加入拉德高埃爾航空公司，成了一名郵政飛行員，沿著土魯斯（法國）－阿利坎特（西班牙）－卡薩布蘭卡（摩洛哥）－達卡（塞內加爾）航線運送郵件。在那時遇見的人和發生的故事，後來成為一九二九年出版的長篇小說《南方郵航》的素材。

一九三〇年五月，拉德高埃爾航空公司發生了一起墜機事故，飛行員埃利澤·內格蘭駕駛的飛機在烏拉圭南部蒙特維多灣墜毀，當場機毀人亡。而在此前的一年三個月中，公司已經失去了六位飛行員和三位隨機的無線電操作員。然而，墜機事故並沒有嚇退這些英勇的飛行員。五月十二日，創造過多項奇蹟的麥爾莫茲又駕駛飛機開始穿越大西洋的試航。當時天氣非常惡劣，大西洋上的龍捲風就像神殿上的黑色大廊柱。可麥爾莫茲又創造了奇蹟，他不僅將從法國土魯斯寄發的郵件運抵非洲塞內加爾，還飛越了大西洋，抵達南美洲布宜諾斯艾利斯。一九三一年，安托萬以此為素材，創作了中篇小說《夜間飛行》。

一九三一年十月，《夜間飛行》由法國著名的伽利瑪出版社出版。十二月，該小說獲得法國最高文學獎項之一費米娜文學獎，隨後被改編成電影，由美國著名影星克拉克·蓋博主演。法國嬌蘭公司以此為靈感，推出了一款名為「午夜飛行」的香水。

《夜間飛行》是中篇小說中的傑作。故事在兩條線索上展開——飛行員法比安掙扎在電閃雷鳴的夜空，而航線負責人李維埃在燈火通明的辦公室忐忑不安，一動一靜，一暗一明，巨大的反差構成作品的張力。奮力和暴風雷雨抗爭的法比安衝破雲層，駛向三千多公尺的高空，他看到了神奇的景象：月亮和星光照在雲層上，光亮反照在飛機上，光明而又寧靜。小說對法比安的描述也在這裡戛然而止。作為航線負責人的李維埃，在失去法比安和他的飛機的時候，有那麼一瞬間動搖了夜間飛行的信念，然而在這一瞬間之後，他又堅定了決心，讓機場跑道上等待的飛機起飛，繼續夜間飛行。

讀《夜間飛行》，我們能讀到二十世紀初那些充滿探險精神的飛行員的偉大，他們的每一次返航，都是為了重新出發。飛行員飛上高空，就和自己的飛機融為了一體，操縱手中的飛機，也是在掌控自己的命運。在《風沙星辰》中，安托萬如此描繪這種神聖的感受：「那些晚上的航行和成千上萬的星星，那種寧靜，那幾小時的至高無上的神聖權力，是金錢買不到的。」

六年後，被安托萬視為偶像的飛行員麥爾莫茲死於飛越大西洋的另一次飛行。一九四〇年十二月，安托萬在回顧自己的人生時發現，當年一起工作的郵政飛行員中，他竟是唯一的倖存者。

無限的星空是飛行員的自由之地，也是死亡之海，更是安托萬的思想養料。飛行讓安托萬得以從天空俯瞰大地，他認為大地對我們的教誨勝過所有書本，因為大地並不隨我們擺布。當人類與障礙進行較量時，人類便發現了自己。

在《風沙星辰》的序中，安托萬寫道：

> 我眼前，總是浮現出我在阿根廷第一次夜間飛行時的情景……在這茫茫的夜海之中，每一處燈光都顯示出一種心靈的奇蹟。

安托萬的另一份思想養料來自沙漠。對安托萬來說，沙漠是迷人之地、死亡之海，也是他的智慧之書。

安托萬曾作為負責人，在毗鄰撒哈拉沙漠的朱比角基地駐守過一年多。在這裡，他開始學阿拉伯語，與當地摩爾人首領建立聯繫，解救因飛機失事被俘的同事，也為一個名叫巴爾克的奴隸贖身，託人送他回摩洛哥的阿加迪爾。

其間的沙漠生活讓他飽嘗孤獨的滋味，也讓他愛上這裡的強風、黃沙和星辰。沙漠最初是荒涼的，但沙漠裡的一口井卻可以惠及遠方。沙漠會按它自己的規則塑造每一個進入沙漠的人。最後，安托萬發現，「撒哈拉就體現在我們身上。走入沙漠並非參觀綠洲，而是要把一口水井變成我們的宗教」（《風沙星辰》）。

一九三五年十二月三十日凌晨，在經過二十小時的飛行後，安托萬駕駛的飛機墜落在撒哈拉沙漠腹地。幸運的是，飛機墜毀後並沒有燃燒，安托萬和技師普雷沃都安然無恙。不幸的是，他們根本不知道自己的位置在哪裡，留下的水不足一升，食物只有幾粒葡萄和一個橘子（後來又奇蹟般地發現了另一個橘子）。在炎熱的沙漠中，這一點點水和食物，他們連一天也熬不過去。

安托萬初步估算了一下，如果他們一直在直線上飛行，那麼大家有可能在八天之內找到他們；如果他們偏離了航線，大家得在方圓三千公里的範圍內尋找他們，可能得花上半年時間。

然而，沙漠似乎辨認出了安托萬。這個外表笨拙得像熊、內心卻純淨得如同嬰兒的安托萬，是沙漠自己的孩子。在隨後的幾天裡，沙漠裡刮起了罕見的東北風，這種風讓他們身上的水分蒸發速度放慢了一點。夜裡，他們將降落傘裁成三角形的布片，收集了一些黎明時分的露水滋潤乾渴的嘴唇！

安托萬和普雷沃相互鼓勵和扶持，在沙漠裡漫無目的地走著。雖然獲救的希望渺茫，但他們絕不停下腳步。因為一旦停下腳步、躺倒在黃沙上，他們就再也起不來了。

終於，第四天早晨，彷彿天神出現在海面上，漫漫黃沙中出現了一個貝都因人。安托萬朝貝都因人舉起手，他想呼喊，嗓子卻因為乾渴已經發不出任何聲音。貝都因人看見了他們，朝他們走了過來，沒有任何言語，只是將手按住他們的肩膀，讓他們躺倒在地上；然後，拿出盛滿水的水盆……安托萬和普雷沃將整個臉埋在水盆中，全身浸透著一種無限純真的幸福。

一九三八年，安托萬將自己關於飛行與沙漠的經歷、飛行員朋友吉奧麥和麥爾莫茲的故事、奴隸巴爾克的故事寫進《人類的大地》。次年，這本書在伽利瑪出版社出版後，獲得當年的法蘭西學院小說大獎。同年六月，該書英譯本在美國出版，書名為《風沙星辰》。

在《風沙星辰》中，安托萬將自己的思想付諸靈動的文字、瑰麗的畫面和一個個富於哲理的故事，帶給我們全新的觀察事物的視角和思考。

他說：「每個生命都會像一顆豆莢那樣，總會輪到它爆裂開來，留下種子。」因此，生命是生生不息的，喪鐘帶給世人的不是絕望，而是喜悅。

他從那位在沙漠裡救助過他的貝都因人身上看到了大寫的人：

我覺得你高貴善良，是有權力賜人以甘露的偉大的主。我所有的朋友、我所有的敵人都體現在你身上，他們向我走來，而我在這個世界上已經再也沒有一個敵人了。

《小王子》：是童話，也是真實鏡像

一九四三年四月六日，《小王子》的英文版和法文版在紐約同時出版。這本薄薄的童話書，是《夜間飛行》、《風沙星辰》等作品發酵後的重新釀造，是安托萬對自己人生的回顧和總結，是對生命意義的深度思考。

所有優秀的童話故事都是人生故事。童話輕揚的幻想之翼是以生命之根作為支撐的，只有這樣，它才會輕得像鳥而不是羽毛。

《小王子》講的是一個飛行員在沙漠中遇見一個神祕的小王子的故事。在故事中，通過小王子的講述，飛行員瞭解到了小王子的身分以及他在其他星球上的奇怪經歷。故事的最後，小王子離開地球，返回了他所居住的 B612 號星球。

這個貌似簡單的故事，隱藏著無數和作者的生平及其先前作品相關的訊息，書中的每個場景、每個角色，都有強烈的暗示意味。

故事的發生地在沙漠——一九三五年，聖-埃克蘇佩里飛機失事，就墜落在撒哈拉沙漠；B612 號星球上的火山——聖-埃克蘇佩里的妻子孔蘇埃洛就出生於中美洲「火山之國」薩爾瓦多；作者寫作本書時身在美國，所以才會有「這個大家都知道。如果你一分鐘內飛到法國，就直接跳進了黃昏；可惜，法國太遠了！」而「玫瑰」，當然是指他的妻子孔蘇埃洛。

我們可以將小王子、飛行員和作家看作同一個人的不同面相。小王子是作家的另一個自己，一個耽於思考的永不長大的孩子——慣於用直覺抵達事物的本質，比成人更看得清事實真相；他是永葆童真的天使的化身，是智慧和真理的源泉。而飛行員是現實的聖-埃克蘇佩里，也是故事的講述者，即作家本人。

小王子在到達地球之前，在其他六個星球上碰到了六個不同身分的人：國王、自大狂、酒鬼、商人、燈夫、地理學家。他們的荒誕表現，可以看作是我們人類自身生活的真實鏡像。

小王子通過在七個星球的遊歷，在狐狸的啟發之下，找到了自己生命的意義，明白了玫瑰的重要性以及自己對於玫瑰的責任。飛行員在和小王子的交往過程中，懂得了水的甘美來自星星下的散步、轆轤的歌唱和臂膀的努力；沙漠之所以迷人，是因為不知道在什麼地方藏著一口水井；事物的本質要用心才能看清。

已經有許多書和許多專家學者、普通讀者對《小王子》這部作品進行過解讀。但《小王子》彷彿一口深藏於沙漠之中水源豐沛的井，迷人又充滿魅力，且永遠不會窮竭。

在藝術上，《小王子》採用了超歷史、超語言、超文化的童話的表達方式，以象徵的手法表達了豐富的現實生活與人生哲學。玫瑰、狐狸、水井、小王子和各個星球上的人，都闡釋了可以超越時空而成為生命格言的真理。通過作者象徵手法的運用，他們彷彿經過了鏡子多重折射後呈現出的變形影像，你似乎能辨認他們卻又不能完全辨識，這就讓每一個讀者對故事以及故事裡的人物有自己的解讀，正所謂「一千個讀者有一千個哈姆雷特」。

童話還營造出了一種空靈詩意的意境。故事的發生地在遠離人煙的沙漠，這裡空曠、靜謐；場景多在夜間，與白天相比，更見朦朧悠遠。故事的主人公來自遙遠的星球，他勾起了飛行員對自己遙遠童年的記憶。小王子的遊歷，更是在茫茫宇宙的不同星球上展開。這種時空的悠遠，營造出了空闊的藝術氛圍。聖-埃克蘇佩里自己畫的插圖，也是寫意而非寫實的，飄逸輕靈。正如蘇軾所言：「欲令詩語妙，無厭空且靜。靜故了群動，空故納萬境。」空靈、靜謐和幽遠的童話氛圍，使讀者能夠靜心領略故事的「真意」，從而彷彿擁有了小王子的智慧，用心看見最真實的生命本質。

《小王子》是中年的聖-埃克蘇佩里對自己人生與世界的反思之書，也是他獻給人類的愛之書與醒世恆言。他曾在雲端叩問蒼穹、俯瞰大地；他曾作為沙漠的倖存者，在生死邊緣思考生命的意義與人的價值。雖然小王子離開地球回到了他的 **B612** 號星球，雖然聖-埃克蘇佩里也如小王子一樣駕駛飛機一去不回，但他們都熱愛人類。他認為人的真理就是要使人成為人；他認為人與人之間、人與世界之間，最重要的是「連結」；只有當我們意識到自己的作用，哪怕是最不顯眼的作用時，我們才是幸福的。

在聖-埃克蘇佩里的作品裡，經常會出現「園丁」的意象。他發現，每當花園裡培植出一種新品種的玫瑰，所有的園丁都非常激動，他們可以把玫瑰移栽、培植、促其生長。可他遺憾地發現，沒有培養人的「園丁」。因為缺少培養人的「園丁」，無數「童年的莫札特」被送上機械的沖床打磨，成了不能為自己的命運抗爭的麻木之人。「帶著傷口的人並沒有感到傷痛。那麼，受到傷害的便不是個體，而是整個人類。」（《風沙星辰》）

在某種意義上，《小王子》也是一本培養「園丁」的書。如同小王子「馴養」狐狸一樣，這本書也「馴養」我們。通過閱讀這本書，我們學會用心靈去看事物，而不只是靠自己的眼睛；就像種子會發芽那樣，這本書也會在我們的心靈中發芽，開出智慧的花朵，讓我們這些泥胎有可能成長為大寫的人，然後去當一個人的「園丁」，讓「童年的莫札特」免遭夭折。

[1]

二〇二三年九月

1 湯素蘭：著名兒童文學作家，湖南省作協主席，陳伯吹國際兒童文學獎「傑出作家獎」得主。迄今創作出版了六十餘部兒童文學作品，代表作有《笨狼的故事》、《紅鞋子》等。

一 「晴天，無風」

飛機下面的山巒，在金色的黃昏中畫出了一道道陰影。平原變得明亮起來，光輝經久不熄。在這個國度裡，平原不斷地反射著金光；在冬季，它又不斷地反射著雪光。

飛行員法比安正在把巴塔哥尼亞的郵件從美洲最南端運往布宜諾斯艾利斯，他從那種和港灣水面一樣寧靜的天空中，從安詳的雲海泛起的輕柔的漣漪上，發現了夜晚的臨近。他似乎駛進了一個浩瀚無邊、令人神往的船隻停泊港。

在這種寧靜的氣氛中，他感到自己像個牧羊人一樣在怡然漫遊。巴塔哥尼亞的牧羊人，不慌不忙地從一個羊群走向另一個羊群，他則是從一個城市駛向另一個城市，就像這些小城市的牧人。每隔兩小時，他就和這些在河邊喝水、在平原上吃草的小城市見一次面。

有時，飛過比海洋更荒無人跡的百里大草原之後，他碰上一個遠離塵世的農莊——這農莊在草原的浪潮間，帶著它承載的居民，似乎在急速地後退——這時，他便擺動機翼向這艘「航船」致敬。

「聖胡利安在望，我們十分鐘後降落。」

飛機上的通訊員，向航線上的所有指揮臺發出上述消息。

在兩千五百公里的航線上，從麥哲倫海峽到布宜諾斯艾利斯，相似的中途站一個接一個。但現在的聖胡利安處在夜幕邊緣上，就好似非洲那樣：過了最後一個歸順的城鎮，往下就是一個神祕莫測的世界了。

通訊員遞給飛行員一張字條：

「雷雨正狂，我耳機裡滿是雷鳴電擊的聲音。我們是否就在聖胡利安過夜？」

法比安微微一笑，天空平靜，猶如一個養魚池。前方的所有中途站都向他們報告：

「晴天，無風。」

於是，他回答：

「我們繼續飛行。」

但通訊員認為雷雨已經埋伏在某個角落裡，就像蛀蟲藏在水果裡一樣。晚上可能會是好天氣，但也可能變壞，他可不願意飛進這片即將變壞的黑暗中去。

當法比安放慢速度向聖胡利安降落時，他感到累了。所有使大家的生活變得溫馨的東西，都在他眼前大了起來：他們的房屋，他們的小咖啡店，他們散步的地方的樹木。他好像一個征服者，在凱旋的夜晚，俯瞰帝國的大地，發現了世人平凡的幸福。法比安很想放下武器，感受自己笨重的身體和疼痛的四肢。他很想在這個地方做一個普通人，透過窗戶來張望不再是活動的景物——即使是個很小的村莊，他也會接受。經過排選之後，他隨遇而安地喜歡上了這個小村莊，它像情人一樣把人圈住。法比安真想在這裡長住下去，成為這裡永恆的一分子。他覺得那些曾待過一小時的小村鎮和曾穿越的圍著古牆的花園，是永恆地存在於他身外的。

村莊朝著機組人員迎上來，向他們伸開雙臂。法比安想起了友誼，想起了溫柔的女孩，想起了使人感到親切的白桌布，想起了所有慢慢變成了永恆的東西。村莊並著機翼向後流去，展現出它那門戶緊閉的花園中的奧祕，它們的圍牆再也保守不住這些奧祕了。但是著陸的法比安知道，除了石砌圍牆裡幾個人緩慢的動作外，他什麼也沒有看見。這個村莊僅憑它的巋然不動，便保住了自己的祕密。這裡不肯給他溫柔，只有放棄行動才能獲得這份溫柔。

十分鐘停靠時間過去了，法比安要重新起飛了。

他朝聖胡利安轉頭望去，開始望見一小撮燈光，然後成了一小片星光，最後連引誘過他的那顆微塵也消失得無影無蹤了。

「我再也看不見儀表板了，開燈了。」

他按動開關，座艙的紅燈照在指針上，發出淡藍色的光輝，連指針都沒染上顏色。他把手指伸到一個燈泡前面，指頭也幾乎沒有變紅。

「太早了。」

夜幕正在升起，宛如一團烏雲填滿了山谷，再也分辨不出山谷和平原了。不過村莊卻已燈火通明，那燦若群星的亮光互相輝映。他用手指按在航行燈上，使它眨著眼睛，與村落的燈火相呼應。大地傾聽著燈光的召喚，面對無邊的黑夜，家家戶戶點燃了自家的「星星」，就像把塔燈指向海洋那樣。所有遮蓋人類活動的東西都閃亮起來。法比安非常欣賞這樣的黑夜，像船隻駛進停泊港一樣，軌跡既從容又漂亮。

他把頭伸進座艙。指針上的鐳開始閃光了。飛行員逐一檢查著數據，十分滿意。他穩穩當當地坐在飛機上，用手指輕輕碰了碰鋼鐵的翼梁，感到生命在金屬中流動。金屬不是在顫動，而是在生活。發動機的五百匹馬力，使飛機產生輕微的震顫，使冰冷的鋼鐵變成了天鵝絨般的有血有肉的軀體。飛行員既沒有頭暈目眩，也沒有飄然陶醉，而是再一次體驗到一種金屬變成了血肉之軀的神祕。

現在，他面前出現了一片新的天地。他抖擻精神，從容應對，以便舒坦地安頓下來。

他輕輕敲了敲配電盤，逐個摸了摸那些開關，挪動了一下身軀，更舒服地靠著椅背。他在尋找一個最佳姿勢，以便更能好好體味由蕩漾的夜幕承托著的五噸重的金屬所產生的搖曳。而後，他摸索著把緊急照明燈推到固定的位置，放開，再抓住，證實它是不滑動的；然後丟下緊急照明燈去摸每根操縱桿，準確地抓住它們，訓練手指在看不見的情況下工作。等他的手指熟悉了漆黑的世界以後，他才打開一盞燈。滿飾著精確儀表的座艙，呈現在他眼前——他照看著飛機像跳水一樣潛入夜空，正是憑藉這些儀表板。由於任何指針都不搖擺，既不震顫，也不抖動，陀螺儀、高度表和發動機的轉速也全都保持不變，他便伸展了一下身體，讓脖頸靠在座位的皮墊上，開始了對飛行的冥想，體味著一種不可名狀的希望。

他如同一個守夜人，發現黑夜也能揭示人類的祕密：這些召喚，這些燈火，這種不安。黑暗裡這顆普通的星星，就像是一座孤零零的屋子。一顆熄滅的星星就像一座把它的愛情封閉起來的屋子，或者一座把煩惱封閉起來的房子——總之這是一座停止向世界發射信號的房子。這些待在燈前、手肘支在桌子上的農民，他們不知道自己希望的是什麼；他們不知道，在這個包圍著他們的漆黑夜晚，希望竟能傳得那麼遠。但是法比安發現了這一點：當他從千里之外飛來，感到海底的湧浪正在把呼吸著的飛機舉起來又摔下去時；當他穿過十個風暴，就像穿過戰火連天的國家那樣時；當他穿過風暴之間月光皎潔的夜空時；當他懷著必勝的信念，一個接一個地飛越這些燈火時。

他們以為燈光只不過照亮了簡陋的桌子，殊不知在八十公里外的地方，有人已被這燈光的召喚所感動，就好像他們是從一座荒島上對著大海，絕望地搖晃著這盞燈一樣。

二　布宜諾斯艾利斯的燈光

就這樣，來自巴塔哥尼亞、智利和巴拉圭方向的三架郵政班機正在從南方、西方和北方飛回布宜諾斯艾利斯。它們帶著郵件到達，這將是午夜歐洲郵政班機出發的信號。

三名飛行員，待在跟駁船一樣沉重的發動機罩後面。他們在茫茫的黑夜裡，謀算著航行：他們將要從風雨交加或者月明風清的天空，向這座巨大無邊的城市緩緩降落，有如一些奇怪的農民，從居住的深山老林裡走出來。

李維埃是整個航線的負責人，正在布宜諾斯艾利斯的停機坪上來回踱步。他保持沉默，因為三架飛機沒返回之前的日子，對他而言是可怕而難受的。過了一分鐘，又過了一分鐘，隨著一封封電報到達他手上，李維埃才感覺自己從命運手中奪到了一些東西，減少了一些未知數，把他的機組從茫茫黑夜拉到了岸邊。

一名工人走近李維埃，通報一條無線電臺的消息：

「智利的郵政班機報告說，他們望見了布宜諾斯艾利斯的燈光。」

「好。」

黑夜終於將放回他的第一架飛機，就好像浪潮洶湧、奧祕萬千的大海，把顛簸了那麼久的寶藏送返海岸。再過一會兒，他就能從黑夜手中接回其他兩架飛機了。

那時，這一天就將完滿了。疲憊不堪的機組人員將去睡覺，由精力充沛的機組人員來接替他們。不過李維埃絲毫得不到休息，因為又輪到飛往歐洲的班機使他擔驚受怕了。事情永遠都是這樣，永遠總是這樣。這位老戰士驚奇地發覺：他第一次感到了疲倦。飛機的到達，從來都不等於結束一場戰爭、開闢一代和平的輝煌勝利。對他來說，永遠只有已經跨出的第一步，和接踵而至的類似的千百步。李維埃感到他似乎長久以來都是挺直雙臂，舉著一個非常沉重的物體，這是一種得不到休息也毫無希望的努力。

「我老了……」

如果再也不能從單純的行動中獲得滋養，他就老了。他感到奇怪，自己竟然思索起一些從未提出過的問題來。那麼多過去一直被他擯棄的生之樂趣，憂鬱地低吟著，又朝他衝過來：這是一片失去了的海洋。

「這一切難道都近在咫尺？……」

他發現那些使人生變得溫馨起來的東西，被一點一點地推向了晚年，推向他將來會有閒暇的時日：就好像世人有朝一日，真能有空閒時間；就好像世人到了生命的盡頭，真能得到想像中的平安幸福。但是平安並不存在。或許，也不存在什麼勝利。不是所有的航空郵件都能順利到達。

李維埃停在勒福面前。勒福是一位老工頭，正在工作。他已經做了四十年，這工作已耗盡了他所有的精力。當晚上十點或深更半夜回家的時候，呈現在他面前的卻不是另一個天地，也不是一種逃避。李維埃對著他微笑，老工頭抬起古板的面孔，指著一根發青的鋼軸說：

「這東西卡得太緊，不過我還是弄好了。」

李維埃俯身察看鋼軸，又被這東西吸引住了。

「告訴工廠裡的人，把這些機件裝得更好一點。」

李維埃摸了摸摩擦的痕跡，又看了看勒福。站在這個滿臉都是皺紋的純樸老人面前，一個奇怪的問題來到嘴邊，他因此微笑起來：

「勒福，您一生中為愛情費過很多心嗎？」

「哦，愛情！您是知道的，經理先生……」

「您和我都一樣，從來都沒那個時間。」

「費心得不是很多……」

李維埃諦聽著他說話的音調，想聽出回答裡是否有苦澀的味道——結果沒有聽出來。這位工頭對他過去的生活感到心滿意足，就像剛剛刨完了一塊漂亮木板的細木匠那樣：「喏，東西弄好了。」

「瞧，」李維埃想道，「我的生活就這樣了。」

他拋開了所有因疲倦而產生的憂傷思緒，朝機庫走去。智利來的飛機在轟鳴吼叫了。

三　他的第一架飛機

遙遠的發動機的聲音越來越大。它像水果瓜熟蒂落那樣，就要在機場上降落了。大家點燃了燈火。紅色的航標燈勾畫出一座飛機庫、幾根無線電天線桿和一塊正方形的場地來。

大家正在張羅著過節：

「看，它就在那裡。」

飛機在探照燈光柱的照耀下飛行著。機身光輝明亮，就像嶄新的一樣。但是當它最終停在機庫前面，技師和工人忙著卸郵件時，飛行員貝勒罕卻待著不動了。

「喂！你還要等到什麼時候才下來？」

飛行員一心忙著某種神祕的工作，不肯回答。也許還在傾聽著滲透他全身的飛行的聲音，他慢慢地點點頭，俯身向前，擺弄著不知什麼東西。最後，他轉向主管和同事，嚴肅地注視著他們，儼然是在端詳自己的財物，彷佛在計數、度量、掂量著他們。他認為自己征服了他們，征服了這歡樂的機庫、這堅固的水泥地，還有那更遠一點的騷動著的城市、城市裡的女人和熱氣騰騰的場面。他把這芸芸眾生掌握在巨掌中：他們是他的臣民，可以被隨意撫摸、傾聽或侮辱。他現在有一種罵他們一頓的衝動，因為他們安全地待在地上，過著安穩保險的生活，吟風弄月。但他到底是個厚道人：

「……你們該請我喝幾杯！」

這時他下了飛機。

他想講一講他的旅行：

「如果你們知道……」

他可能認為自己說得已經夠多了，便走過去脫皮夾克。

當車子把他和一個沒精打采的督察員、悶聲不響的李維埃一起送往布宜諾斯艾利斯時，他變得憂鬱起來。似乎擺脫了困境、平安無恙地落地後，痛痛快快地罵它幾句，都是很不錯的事——多麼巨大的快樂呀！但是，過了一會兒，當大家開始回味時，就有點懷疑起來。

與颶風搏鬥，至少總是直接又真實的。可是事物的面貌——當事物兀自存在時的另一副面貌，就不是這樣了。

「就像發怒一樣，人的臉只是變蒼白了一點，整個人卻已不像自己！」

他盡力去回憶：

當時他平安地飛過了安地斯山脈。皚皚的白雪靜悄悄地覆壓在山嶺上，冬天的積雪使這片土地顯得安寧沉靜，就像時光使廢棄的城堡變得安靜沉寂一樣。在縱深兩百公里的範圍之內，沒有一個人，沒有一點生命的氣息，沒有任何人為的努力——只有陡峭的山峰。他在六千公尺的高空掠過這些山嶺，還有垂直的石壁。一片可怕的寂靜。

這是在圖彭加托火山附近……

他思索了一下——對！就是在那地方目睹了一場奇蹟。

因為他剛開始什麼也看不見，僅僅感到不自在，就好像一個人自以為孤單，但並非孤單一人，而是有人盯著他那樣。過了很久，他感到自己被一股怒氣所包圍。但是怒氣來自何處呢？

他憑什麼猜想，這怒氣是從崖石和積雪裡滲出來的呢？似乎並沒有任何東西朝他靠近過，也沒有任何天昏地暗的風暴。但是從原來的世界裡，就地產生了另一個略微不同的世界。貝勒罕懷著難以解說的不安心情，看著這些純淨的崇山峻嶺，這些戴著白雪禮帽，有點灰濛濛的山巒：這些山嶺像一群人那樣活動起來了。

雖然無須搏鬥，他還是緊緊握住了操縱桿。某種他不能理解的東西正在醞釀。他繃緊肌肉，像一頭就要躍起的野獸，但是並未看見任何不安靜的東西。是的，一切都很安靜，卻充滿了一種奇特的能量。

接著，一切都激化尖銳起來。這些山嶺、這些峰巒，一切都變成尖銳的了。他感到，它們像船艏一樣，刺進猛烈的狂風之中。它們似乎圍著他打轉、漂流，有如一支進入戰鬥狀態的艦隊。後來，一股微塵混進了空氣之中，塵埃沿著積雪上升，像輕紗一般緩緩飄浮。為了在必要的後撤中尋找一條出路，他轉過身去，害怕得發起抖來，他身後整個山脈似乎都沸騰起來了。

「我完蛋了。」

積雪從前方的一座山峰噴發而出，簡直成了一座雪花火山。接著又是稍微靠右一點的第二座山峰。所有的山峰，就這樣一座接一座地活躍起來，好像被一名看不見的賽跑運動員連續不斷地觸動了一樣。隨著氣流的第一陣漩渦，飛行員周圍的群山震盪起來了。激烈戰鬥留下的痕跡是很少的。他也記不起那些折騰過自己的渦流了，只記得曾經在那些灰色的火焰中瘋狂地掙扎過。

他想了想。

「颶風倒沒有什麼了不起。我總算躲過了一劫。但是在這之前！我的這種遭遇啊！」

儘管他認為自己認出了那張千變萬化的面孔，卻已忘記它是什麼樣子了。

四　制度

李維埃看著貝勒罕。這個人再過二十分鐘就會下車，疲倦而遲鈍地混入人群裡去。他也許會想：

「我累壞了……這倒楣的差事！」

他可能會對妻子承認某些東西，比如：

「這裡比安地斯山上空可強多了。」

然而，世人那麼珍惜的一切，差點就跟他無緣了，他剛才就嘗到了這種困苦的滋味。他剛剛在擺好了布景的舞臺背面度過了幾小時，不知道自己是否還能再見到這座光明的城市，甚至也不知道自己是否還能恢復男人的所有小毛病，能不能再見到童年時代的那些既討厭又可愛的女朋友。

「在任何一群人當中，」李維埃想道，「都有一些人，不為人所注意，卻傳達著令人驚異的訊息——甚至連他們自己都不知道。除非……」

李維埃害怕某些讚美者。他們並不理解冒險的神聖性，因此讚歎起來就歪曲了冒險的意義，還貶低了人。貝勒罕卻完全保持了他的偉大和崇高，因為他比任何人都更瞭解以某個角度見到的世界的價值，並輕蔑地拒絕庸俗的讚賞。

李維埃祝賀說：

「您是怎麼成功的？」

他喜歡這個飛行員，因為他樸實地談論自己的職業，談起自己的飛行時就像鐵匠談及自己的鐵砧。

貝勒罕首先解釋：他的退路被截斷了。他差不多像是在道歉說：

「因為我沒有選擇的餘地了。」

後來，他什麼也看不見了，大雪使他眼花撩亂。但是猛烈的氣流救了他，把他舉到了七千公尺的高空。「在整個航行過程中，我大概一直是緊貼著山脊飛行的。」他也談到了陀螺儀，必須把它的進氣口換個位置，因為進氣口被飛雪堵塞了，「你知道，這樣會結冰。」後來，另外幾股氣流又把貝勒罕摔了下來，一直掉到三千公尺的高度，他當時並不明白為什麼他什麼東西都沒有撞到——這時他已經飛到了平原上空。

「我飛入純淨的天空後才突然發現了這一點。」

他最後解釋說，當時他好像是從一個山洞裡鑽了出來。

「門多薩也有暴風雪嗎？」

「沒有，我降落的時候晴空無風，不過暴風雪曾經緊緊追趕著我。」

他說他描述這場暴風雪，是因為「這畢竟是十分奇怪的」。「風暴中的山頂高高聳進雪花飛舞的雲層，底部則像一股黑色的熔岩在平原上翻滾，吞沒了一座接一座城市。我從來沒有看見過這種景象……」他沉默下來，進入了某種回憶。

李維埃轉向督察員說：

「這是太平洋的颶風，給我們的通知來得太晚了。這些颶風從來沒有超出安地斯山的範圍。」

「大家沒能料到它會向東推進。」

督察員對此一無所知，只好表示贊同。

督察員似乎猶豫起來，轉身朝著貝勒罕，喉結動了動，但並沒有吭聲。經過思考之後，他又恢復了憂鬱的嚴肅神態，眼睛直瞪著前方。

他像隨身攜帶著行李般攜帶著這種憂鬱。他前一天到達阿根廷，應李維埃的召喚前來處理某些事務。他常因自己的一雙大手和督察員的尊嚴而感到尷尬：他既沒有權利對異想天開的念頭表示欣賞，也沒有權利對興奮狂熱的激情表示讚歎，只能根據個人的職責欣賞航班準時；他沒有權利和別人一起喝上一杯，和別人稱兄道弟或者大膽地說上一句雙關語取樂，除非是在非常難得的偶然情況下，在同一個中途站上碰見了另一個督察員。

「做一個法官可真難。」他想道。

實際上，他並不審判，只是點點頭。他一無所知，因此在所有碰到的問題上，總是慢條斯理地點著頭。這舉動使心懷鬼胎的人惶惑，並且有助於設備的保養。他不怎麼受人愛戴，因為督察員這個職務並不是為了愛的樂趣，而是為了起草報告才創設的。自從李維埃寫了「請督察員羅比洛向我們提供報告，而不要作詩。督察員羅比洛在鼓舞員工的士氣時，應恰當地使用其許可權」之後，羅比洛就在報告中放棄了新的工作方法和解決技術問題的建議。從此，他就像關心一日三餐那樣，關心起大家的疏忽和懈怠，如喝酒的技師、熬夜不睡的機場主任、落地時使得機身蹦跳的飛行員等。

李維埃對他的評價是：「他不太聰明，因此能恪盡職守。」李維埃所定的一條規則，對他而言，就是要瞭解人；而對於羅比洛而言，他要瞭解的就只有規章制度了。

「羅比洛，對所有延誤了出發時間的人，」有一天李維埃對他說，「你應該取消準時獎。」

「即使是出於不可抗力?即使是由於大霧?」

「即使是由於大霧。」

羅比洛為有一位這樣強有力的主管感到一種自豪，以至也不擔心遭遇處事不公了。羅比洛自己也從如此咄咄逼人的權力中感到了幾分威嚴。

「你們曾經下令六點十五分才出發，」他此後經常向機場主任說，「我們不能給你們發獎金。」

「但是，羅比洛先生，五點半鐘的時候，十公尺之外什麼都看不見呀！」

「這是制度。」

「但是羅比洛先生，我們可不能掃除大霧呀！」

然而羅比洛保持神祕莫測的樣子。他是管理部門的成員之一。在這些忙得團團轉的人中，只有他懂得如何藉由懲罰來提高飛行準點率。

「他什麼也不考慮，」李維埃評價他說，「這倒可以使他避免胡思亂想。」

如果有一個飛行員弄壞了飛機，那他就失去了無損壞獎。

「但是，要是故障發生在樹林上空呢？」羅比洛問過李維埃這件事。

「在樹林上空也一樣。」

羅比洛從此堅持說一不二。

「我很遺憾，」此後，他固執地對飛行員說，「我雖然萬分遺憾，不過這故障原本就不該在這裡發生。」

「可是，羅比洛先生，這可不由得我們選擇呀！」

「但這是制度。」

「制度，」李維埃想，「就和宗教儀式一樣，看來似乎荒謬，卻可以按自己的模式塑造人。」

對李維埃來說，公不公平都無所謂。這些字眼對他來說可能沒有什麼意義。那些小城鎮的小市民晚上圍著音樂亭打轉，李維埃就想：「對他們而言，公不公平沒什麼意義；他們並不存在。」

對他來說，人就是一團需要加以揉捏的生蠟，必須賦予這種物質一個靈魂，給它創造一種意志。他並不想以這種粗暴的態度來役使他們，而是想讓他們超越自身。雖說他這樣懲罰誤點顯得不公平，卻強化了每一個中途站準點出發的意志——他創造了這種意志。由於他不允許大家因天氣不好而心存僥倖，就像是理應休息那樣，他要使大家保持緊張狀態，因此甚至連地位最低下的普通工人也因為必須等待而暗自感到羞恥。於是，他們利用濃霧裡出現的第一個空檔：「北邊有一個缺口，出發吧！」多虧了李維埃，在一萬五千公里的航線上，眾人對郵政班機的崇拜勝過一切。

「這些人很幸福，因為他們熱愛所從事的這一行，而他們之所以熱愛自己的工作，則因為我很嚴厲。」

他也許使人痛苦，但也給大家帶來巨大的歡樂。

「必須把他們推向緊張艱險的生活，」他心想，「這種生活既會帶來痛苦也會帶來歡樂，但只有這種生活才有價值。」

車子進了城區，李維埃讓司機把他送到了公司的辦公室。羅比洛單獨和貝勒罕待在車上，他看著貝勒罕，開口想要說話。

五　絕對無知的人

今天晚上，羅比洛覺得身心俱疲。

面對著勝利返航的貝勒罕，羅比洛發現自己的生活是灰色的。特別是他剛才發現，他、羅比洛，雖然有督察員的頭銜和相應的權力，卻比不上這個累得要死的人，比不上這個蜷縮在汽車的角落裡，閉著雙眼，兩手烏黑、滿是油汙的人。羅比洛生平第一次對別人表示欣賞，他需要說說他的這些想法，尤其需要贏得友誼。

他對白天的旅行和所受的挫折感到厭倦，也許，還感到自己有點可笑。他在當晚核對燃油庫存的時候，把帳算得一塌糊塗，甚至連那個他本想從其工作中找出一點問題的保管員都可憐起他來，替他把帳算完了。特別糟糕的是，他弄混了

B6型和B4型油泵，批評了B6型油泵的安裝工作。而那些狡猾的技師卻聽任他申斥這「絕對不可原諒的無知」達二十分鐘之久，但這個「絕對無知的人」恰恰是他自己。

他也害怕住的那個旅館房間。從土魯斯到布宜諾斯艾利斯，下班以後，他總是一成不變地回到這個房間。他把自己關在裡面，滿懷心事使他如負重壓。他從手提箱裡取出一疊紙，慢慢吞吞地寫著「報告」，試著寫了幾行，又將之全都撕掉。他很想有個機會把航空公司從危難中拯救出來，但公司並沒有遇上任何風險，迄至今日，他僅僅挽救了一個生鏽的螺旋槳轂。他神色憂鬱地望著機場主任，手指緩慢地在鏽斑上摸來摸去。但機場主任回答他說：「您去查問前一個中途站吧。這飛機是剛從那邊飛來的。」羅比洛有點懷疑起自己的功用來了。

為了接近貝勒罕，他試探著問：

「您願意跟我一起吃晚飯嗎?我想聊聊天，我這個工作有時候真夠苦的……」

為了不至顯得過於紆尊降貴，他接著修正說：

「我的責任太重了呀！」

屬下都不大喜歡羅比洛介入他們的私生活。人人都想：「如果為了寫報告，至今還什麼材料都沒有著落的話，他餓急無奈時，就可能拿我下飯了。」

但是，今晚的羅比洛只想到了自己的苦衷：他身上長滿了煩人的溼疹，這是唯一真正的難言之隱。他真想跟人說說，博得同情，因為他在高傲中找不到任何安慰，便只好到卑微中降格以求了。在法國，他有一個情人，回國後的夜晚，他便向她敘述自己巡視督察的情況，為的是引起她的讚歎，讓她喜愛上他。殊不知，情人恰恰討厭這一套，於是他很想談談他的情人。

「那麼，您願意跟我一起吃晚飯嗎？」

寬厚的貝勒罕答應了他。

六　身分

李維埃走進布宜諾斯艾利斯的辦公室時，祕書都正在打瞌睡。他仍然穿著大衣，戴著帽子，像一個永遠來去匆匆的旅客。他走過的時候，幾乎沒有被人發現，因為他矮小的身材掀不起多大的氣息，還有他灰白的頭髮和不顯眼的服裝與所有的室內陳設也都很協調。但是，他有一股熱情能使人激動起來。祕書都振作起精神，辦公室主任迅疾地查閱最新的文件，打字機發出嗒嗒的響聲。

接線生把插頭插進交換機，並把電報記錄在一本厚厚的本子上。

李維埃坐下來閱讀。

智利來的飛機遭受考驗之後，他重讀了這幸運的一天的故事。在這一天當中，事事都安排得妥妥帖帖，飛機經過的機場一個接一個地傳來簡明的捷報。巴塔哥尼亞的郵政班機也在迅速地前進：他們趕在了時間表前面，因為從南向北的風推動的巨大氣浪有利於飛機飛行。

「把氣象報告遞給我。」

每個機場都誇說它那裡天氣晴和，天空清朗，微風宜人。金色的黃昏已經籠罩了美洲。李維埃因各種工作都在如火如荼地進行而感到高興。現在這架郵政班機正在某個地方的上空，在黑夜中奮鬥，不過它的運氣非常好。

李維埃推開了那個本子。

「不錯。」

李維埃走出來，朝那些照看著半個世界的各個科室值夜班的人掃了一眼。

在一扇敞開的窗戶前面，他停下來。他理解了這黑夜。它包裹了布宜諾斯艾利斯，像一個廣大的穹窿，也籠罩著整個美洲。這種廣大無邊並沒有使他驚訝。智利聖地牙哥的天空，是一片陌生的天空，不過，一旦郵政班機朝智利聖地牙哥飛行，從航線的起點到終點，大家就生活在同一個深邃的穹窿之下了。如今，當有人在無線電耳機中傾聽著另一架郵政班機的音訊時，巴塔哥尼亞的漁民可能正望見它機身上閃閃發光的航行燈。航行中的飛機在使李維埃感到焦慮不安時，它也以那隆隆的馬達聲使那些首都和省區感到不安。

這個夜晚是如此晴和，他感到高興，回憶起一些混亂不安的黑夜。在那些夜晚，他覺得飛機已經陷入險境，實在難以救援。大家從布宜諾斯艾利斯的無線電站的聲波中，諦聽著飛機混合著暴風雨嗚咽聲的呻吟。樂譜中最最動聽的曲調，消失在這一片沉悶的嘈雜聲中。一架郵政班機，像一支盲目的箭，射向黑夜的重重障礙，它所發出的曲調是多麼的悲傷啊！

李維埃認為，在守候班機的夜晚，督察員應該待在辦公室裡。

「替我把羅比洛找來。」

羅比洛就要和飛行員變成朋友了。他在旅館裡當著飛行員的面打開了手提箱，箱子裡放著一些小東西。督察員就憑著這些東西去接近其他人：幾件俗氣的襯衫、一套梳妝用具，還有一張瘦削女人的照片。督察員把照片釘在牆壁上。他就這樣放下架子，向貝勒罕傾訴了自己的各種欲望、情感和遺憾。當他把那些寶貝顛三倒四地排列起來的時候，也就在飛行員面前表露了自己的困苦。

他得了精神上的溼疹病。他展現了自己的牢獄。

不過對羅比洛來說，正像對每個人那樣，也存在一線光明。當從箱底抽出一個精心捆綁的小口袋時，他感到非常欣慰。他一聲不響地久久撫摸著那個小口袋，最後鬆開了雙手。

「這東西是我從撒哈拉沙漠帶回來的……」

督察員居然如此跟人推心置腹，不禁有點臉紅。他受過種種挫折，婚姻又遭不幸，再加上這個，簡直就是一片灰暗的現實。他從這些灰黑色的小石子那裡得到了安慰，這些石子給他開啟了一扇通往神祕世界的大門。

他的臉更紅了。

「在巴西也能找到同樣的石子……」

貝勒罕輕輕拍了拍心馳神往在理想王國的督察員。

他靦腆地問道：

「你喜歡地質學嗎？」

「這可是我的嗜好。」

在現實生活中，只有這些石頭對他而言是溫馨的。

羅比洛接電話的時候感到懊喪，但馬上又變得嚴肅起來。

「我只能向您道別了，李維埃先生要我去商談一些重大的決定。」

羅比洛走進辦公室的時候，李維埃卻早把他給忘了，正對著一張牆壁上的地圖沉思。地圖上用紅線標記著公司的航空網。督察員等待著他的命令。好幾分鐘之後，李維埃才頭也不回地問道：

「羅比洛，您對這張地圖有何想法？」

當從沉思中返回現實世界時，他有時就愛提些令人捉摸不透的問題。

「這張地圖，經理先生……」

老實說，督察員對此什麼想法也沒有，但他一本正經地注視著地圖，掃視了歐洲和美洲。況且李維埃並未把自己的想法告訴羅比洛，仍在繼續沉思：「這張航空網的面貌美麗而又嚴酷，它讓我們付出了許多人的生命、許多年輕人的生命。它現在是一個既成的事實，我們已不能無視它的存在，它卻給我們提出了多少難題呀！」不過，對李維埃而言，目的是高於一切的。

羅比洛站在他身邊，眼睛老是直盯著面前的地圖，慢慢地挺直了身子。他根本不指望能從李維埃那裡得到任何憐憫。

有一次他曾想碰碰運氣，向他坦白自己的生活被溼疹這個可笑的毛病弄得十分狼狽，李維埃竟回答他一句俏皮話說：「如果說這毛病妨礙您睡眠的話，它卻能使您振作起來。」

這只不過是句半真半假的俏皮話。李維埃有句口頭禪：「如果音樂家的失眠使他創造出美妙的樂章，這失眠就是美妙的失眠了。」他有一天曾指著勒福對羅比洛說：「您看看他，這副使愛情卻步的醜相，他多美啊……」勒福身上所有了不起的東西，可能都歸功於這種醜陋，這種使他的生活局限於職業生涯的醜陋。

「您和貝勒罕交情很好吧？」

「唔！」

「我並不是在怪您。」

李維埃轉過身去，低著頭，拖著羅比洛一起小步走著。他嘴角露出一絲苦笑，羅比洛卻不知他葫蘆裡賣的是什麼藥。

「只不過……只不過您是主管。」

「沒錯。」羅比洛說道。

李維埃認為，每天晚上空中都有可能發生一起悲劇似的事件。意志薄弱就可能導致失誤。從現在到天亮，他們可能還得大大地戰鬥一番哩！

「您應當保持您的身分。」李維埃字斟句酌地說，「明天晚上，您也許就要命令這名飛行員出發，去執行一次危險的飛行任務，而他必須服從命令。」

「是的……」

「您幾乎是在支配著這些人的生命，支配著一些比您更有價值的人……」

他似乎猶豫了一下。

「這種事情，可不是兒戲。」

李維埃一直踱著碎步。他沉默了幾秒鐘。

「如果他們是出於友情而服從您，您就是在欺騙他們。您個人無權要求別人犧牲什麼。」

「是的……那是當然的。」

「還有，如果他們以為和您的友誼將使他們免除某些苦差，那您也是在欺騙他們。無論如何，他們都必須服從。您這裡坐吧。」

李維埃用手輕輕地把羅比洛推向他的辦公桌。

「我要您在崗位上負起責任來，羅比洛。如果您感到厭倦，可不能靠這些人來支持您。您是主管。這種毛病是很可笑的。請您寫吧！」

「我……」

「請您這樣寫：督察員羅比洛由於什麼什麼原因，給飛行員貝勒罕什麼什麼處罰……隨您隨便找個什麼原因都行。」

「經理先生！」

「照您所理解的那樣寫吧，羅比洛。您可以愛那些您所指揮的人，但不要把這一點告訴他們。」

羅比洛又興致勃勃地叫人家去擦拭那些螺旋槳轂了。

緊急備用機坪用無線電通知說：「飛機在望。飛機發出信號：『減速，即將降落。』」

可能還要耽誤半個小時。李維埃理解這種煩躁心情，當特快列車臨時停車，時間一分鐘一分鐘地流逝，卻看不見平原的田地向後退卻時，乘客就會感到煩躁。時鐘的大針正畫出一片死寂的空間：在這個圓規的跨度裡本來是可以容納好多事情的。李維埃走出辦公室，想緩和一下焦急等待的心情。黑夜呈現在他面前，空蕩蕩的，彷彿一個沒有演員的劇院。「一個被如此浪費的夜晚！」他憤懣地望著窗外無雲的夜空，滿天的繁星構成了一個神奇的燈標系統，還有月亮——這個被白白浪費了的黃金夜晚。

但是，等飛機一起飛，對李維埃來說，這夜晚又成了動人且美麗的了。它懷著生命，李維埃關注著它。

「你們碰到了什麼樣的天氣？」他詢問機組人員。

十秒鐘過去了。

「天氣很好。」

然後，又傳來幾個飛機飛越的城市名字，這對李維埃來說，就等於是在這場戰鬥中攻下來的城市。

七 力量

一個鐘頭之後，巴塔哥尼亞郵政班機上的通訊員感到好像被一隻肩膀慢慢地托了起來。他環顧四周，濃雲密布，星星暗淡無光。他俯視地面，尋覓著像隱藏在草叢中的螢火蟲那樣閃閃發光的村鎮燈火，但是漆黑的草地上，什麼亮光也沒有閃現。

他心情沉重，模糊地預感到碰上了一個難過的夜晚。飛機往前飛行，又往後撤退，征服了的天地，又必須予以放棄。他不瞭解飛行員的戰術，覺得將要撞上黑夜的壁壘，就好像撞上一堵高牆。

現在，他望見正前方地平線上有一道微弱的閃光，像是打鐵爐的火光。通訊員碰了一下法比安的肩膀，但是法比安一動也沒動。

遠方暴風雨的最初幾股渦流，朝飛機襲擊過來。飛機的金屬機體，被緩緩地托舉起來，貼著通訊員的肉體，接著又好像消失、融化了。幾秒鐘之內，他竟獨自在黑夜中飄蕩。於是，他便用雙手緊緊抓住鋼鐵翼梁。

除了座艙的那盞紅燈之外，便再也看不見任何東西了，他覺得自己墮入了黑夜的深淵，孤立無援，僅有一盞小礦燈的蔭庇，因此不寒而慄。但他又不敢打攪飛行員，不知他將作出什麼決定。他用雙手緊緊抓住鋼鐵翼梁，身子前傾，注視著飛行員陰暗的頸背。

微弱的燈光下，浮現出來的飛行員的腦袋和肩膀都一動不動。他的身體不過是一團陰影，稍稍偏向左側，面對著暴風雨，每次閃電無疑都要掠過這張面孔，但是通訊員看不到他臉上的任何表情。為了迎戰一場風暴，所有在他臉上表現出來的感情——賭氣、決心、憤怒，所有在蒼白的面孔和短促的閃電之間交流著的本質的東西，對通訊員來說，始終是不可捉摸的。

但是，他猜得出那股凝聚在這不動的身影中的力量，他愛這股力量。這力量正帶著他迎擊暴風雨，而且也庇護著他。那雙緊握著操縱桿的手，無疑已經壓在暴風雨之上，就好像壓在一頭野獸的頸背上。而那副充滿力量的肩膀巋然不動，使人感到其中蘊藏著深厚的實力。

通訊員認為飛行員畢竟是負責人。現在他騎在馬背上，被帶著奔向大火。他品味著眼前這個幽暗的身影所表現出來的實在的力量，品味著它所表現出來的堅韌不拔。

左邊，亮起一團火，微弱的火光好像眨著眼睛的燈塔。

通訊員碰了碰法比安的肩膀，告訴他那處火光。法比安慢慢回過頭來，而對著這個新的敵人，直視了好幾秒鐘，才慢慢地恢復了他原來的姿勢。那副肩膀始終巋然不動，脖頸則靠在了皮椅上。

八 奏鳴曲

李維埃走出來想活動一下，消除那重新襲上心頭的不安情緒。他活著，就是為了行動，為了一種戲劇性的行動，現在竟奇怪地感到戲劇性正在轉化，變成他個人的戲了。他認為，小城鎮裡的小市民圍著音樂亭，過著一種表面上似乎平靜的生活，但是有時候也充滿了戲劇性：疾病啦，愛情啦，喪葬啦。他還以為，很可能……個人的苦惱教會了他許多事情。

「它打開了好幾扇窗戶。」他想。

後來，將近晚上十一點，他呼吸自如了一些，便朝辦公室走去。他用肩膀慢慢地分開聚集在電影院門前的人群，仰望著在那狹窄的道路上空閃光的星星，星星幾乎被通明透亮的看板映照得暗淡無光了。

他想：「今天晚上有我的兩架郵政班機在航行，我要對整個天空負起責任來。這顆星星就是一個信號，它在人群中尋找並且找到了我。因此，我覺得自己是與眾不同的，有點孤獨之感。」

這時，他的耳畔又迴響起一首樂曲，是一首奏鳴曲的幾個音符。他昨天和幾個朋友一起聽過這支曲子。朋友沒有聽懂這曲子：「這種藝術使我們厭煩，也使您厭煩，只不過您不肯承認罷了。」

「可能……」他回答說。

他那時就像今天晚上這樣感到孤獨。但是他很快就發覺了這種孤獨的豐富魅力。那支滿含溫馨的祕密曲子迴響在他耳邊，芸芸眾生，卻只在他一個人耳邊迴響。那星星的信號也一樣，它在那麼多人的頭頂上，卻講著一種只有他才聽得見的語言。

在人行道上，人群推擠著他。他又想：「我是不會生氣的。我像一個生病孩子的父親，在人群中小步行走，心裡卻一直記掛著那個寂靜無聲的家。」他抬頭看看人群，努力想認出幾個帶著發明或愛情悠然漫步的人，他還想到了燈塔看守者的孤獨。

他喜歡辦公室的寂靜。慢慢地穿過一間接一間辦公室，室內只響著他的腳步聲。打字機在布罩下面沉睡。櫥門緊閉的大櫃子裡面放著整齊的卷宗。這可是十年經驗和工作的成果呵！他忽然產生了一個念頭：這是在參觀一家銀行的地下金庫，金庫中財富滿堆。他想，這辦公室的每一本冊子裡所累積的東西的價值都勝過黃金：這是一股生機蓬勃的力量。它是活生生的，但又像銀行裡的黃金那樣，是沉睡著的一股力量。

在某個地方可能會碰見唯一一個值夜班的祕書：他一個人在那裡工作，為的是讓生活延續不斷，讓意志連續不斷。這樣，中途站一個接一個，從土魯斯到布宜諾斯艾利斯，鏈條永遠也不會中斷。

「這個人不知道自己的偉大。」

郵政班機在某個地方搏鬥。夜間飛行像一種疾病似的在延續，必須有人守夜，幫助那些用雙手和雙膝、用胸膛頂著胸膛去迎戰黑暗的人。他們什麼都不知道，只知道有些活動的東西、看不見的東西，必須依靠兩條盲目的手臂的力量去擺脫，就像擺脫浪濤洶湧的海洋。有時候，大家的坦白是多麼可怕啊！「我照亮了雙手是為了看看這雙手……」天鵝絨般的手，孤單地出現在暗室的紅色燈光下。這就是世界上殘存下來，必須予以拯救的東西。

李維埃推開了值班辦公室的門。只有一盞亮著的燈，在一個角落裡創造了一片光明。唯一一部打字機發出的嗒嗒聲，並未破壞這種寂靜，反而添加了某種意義。有時電話鈴發出顫抖的聲音，這時值班祕書便站起來，走向那一再發出固執又淒涼的叫喚聲的電話機。他拿起聽筒後，那無形的焦慮也就平息下來了，這是在幽暗角落裡的一場非常愉快的談話。然後，值班祕書沉著地回到辦公桌旁，面孔上蒙著一片孤獨和睡意，頭腦裡藏著一個捉摸不透的祕密。當兩架郵政班機正在航行的時候，這種來自外界黑夜的呼喚會帶來什麼樣的威脅呢？

李維埃想到那些與在晚間燈光下聚會的家庭密切相關的電報，然後又想到那種災難——就在那幾乎永恆的幾秒鐘內，那種使父親臉上的神情變得難以理解的災難。首先傳來的是微弱且平靜的電波，離發出喊叫的地方是那麼遙遠。但是李維埃每次都在這機敏的電話鈴聲中，聽見了這電波的微弱回聲。而且，每當那個因孤獨而變得像個潛泳者般動作遲緩的祕書，從陰影中走向明亮的燈光下，就像潛水者冒出水面時，李維埃都覺得他是充滿神祕的人物。

「您待著別動，我去接。」

李維埃拿起聽筒，聽到了外界的喧囂。

「我是李維埃。」

對面傳來一陣輕微的嘈雜聲，然後有一個聲音說：「我為您接上無線電站。」

又傳來一陣輕微的嘈雜聲，是插頭插進電話交換機的響聲，接著另外一個聲音說：

「這裡是無線電站，向你們發電報。」

李維埃記錄下來並點頭說：

「好……好……」

沒有什麼重要的事，都是一些例行公事的電文。里約熱內盧打聽一個消息，蒙特維多說到天氣，門多薩談的是物資——都是一些像家人間談論的瑣事。

「兩架郵政班機呢？」

「有暴風雨。我們聽不見飛機的聲音。」

「好吧。」

李維埃想，這裡夜色寧靜，星光燦爛，而通訊員竟從這夜色中嗅到了遙遠風暴的氣息。

「待會兒再見。」

李維埃站了起來，祕書走近說：

「值班紀錄，先生，請您簽名……」

「好。」

李維埃對這個人深有好感，因為他也承擔著黑夜的重負。

「一個戰友，」李維埃想，「他大概永遠也不會知道，這次夜班是多麼緊密地把我們結合在一起！」

九　公平

李維埃捧著一疊文件回到辦公室時，感到左邊胸部一陣劇痛。幾個星期以來，這毛病一直折磨著他。

「不妙……」

他在牆上靠了一秒鐘。

「真可笑。」

然後，他坐到扶手椅上。

他再一次感到自己像一隻被捆住了的衰老獅子，不禁悲從中來。

「勞累太多竟落得如此下場！我五十歲了，五十年的歲月，我把生活填得滿滿的。為了把自己培養成材，我奮鬥過，曾經改變過事態的進展方向。然而，您看看現在這個征服我、占有我，並在重要性上超過整個世界的東西……這太可笑了。」

他等了一下，擦了擦汗，一俟疼痛緩解，便工作起來。

他從容地查閱著文件。

「我們在布宜諾斯艾利斯拆卸三〇一型馬達時，發現……我們擬給該負責人以嚴重處分。」

他簽了字。

「弗路里厄諾普利斯中途站由於沒有遵照命令……」

他簽了字。

「為了整肅紀律，我們擬調動機場主任理查的工作，此人……」

他簽了字。

後來，胸部的疼痛似乎不那麼劇烈了，不過仍然存在，而且是一種新鮮的感覺，就像生命添了一種新的意義。這疼痛迫使他想到自身，為此感到憂愁。

「我到底公平還是不公平？不知道。如果我處罰別人，事故就減少。該負責的不是一個人，而是一股無形的力量；如果不觸動每個人，也永遠觸動不了這股力量。如果我十分公平的話，那每次夜間飛行都可能死人。」

他開創這條道路時曾經是那麼艱苦，因而現在產生了某種厭倦。憐憫是好事。他總是翻閱著公文，沉浸在夢幻之中。

「……至於羅布奈，從今天開始，他就不再是我們的工作人員了。」

他眼前又浮現出那個老好人，並且想起了那晚的談話：

「這是一個榜樣。您要什麼，這可是殺一儆百呀！」

「但是先生……但是先生啊，一次，就這一次，請您想想吧！我可是做了整整一輩子呀！」

「必須殺一儆百。」

「可是先生！……您看，先生。」

這時，他眼前又出現了那個破舊的皮夾子和那張舊報紙。報紙上有羅布奈年輕時站在一架飛機旁邊的照片。

李維埃看見那雙衰老的手，在這份樸素的榮譽上發顫。

「那事發生在一九一〇年，先生……是我，就在這個地方裝配了阿根廷的第一架飛機。自一九一〇年起，我就在做航空工作……先生，已經有二十年了！那麼，您怎麼能說……先生，而那些年輕人，他們在工廠裡會笑得多麼厲害呀！啊！他們會笑個不停的呀！」

「這個，跟我無關。」

「還有我的孩子，先生，我是有孩子的人啊！」

「我跟您說過，我會給您一份普通工的差事。」

「我的臉面，先生，我的面子呀！您看，先生，我做了二十年的航空工作，像我這樣一個老工人……」

「當普通工。」

「我拒絕，先生，我不做！」

他那雙衰老的手在發抖。李維埃把目光從那起了皺紋且厚實優美的皮膚上移開來。

「當普通工。」

「不，先生，不……我還想跟您說……」

「您可以走了。」

李維埃想：「我這樣粗暴地趕走的並不是『他』，而是那也許不該由他負責，但是被他撞上的『過失』。」

「因為事件都是由人來指揮的，」李維埃想，「事件服從人，人創造事件。其實人也是可憐蟲，因為他們也是由別人創造的。或者當『過失』撞上他們的時候，他們就要被別人甩開了。」

「我還想跟您說……」這個可憐的老頭子還想說什麼呢？說人家奪走了他老年的歡樂嗎？說他喜愛用工具在鋼鐵機身上敲打的聲音嗎？說人家剝奪了他生活中的盎然詩意，然而……還必須活下去嗎？

「我太累了。」李維埃想。他發燒了，體溫緩緩上升。他輕輕拍打著那張紙，想道：「我曾喜愛過這位老同事的面孔……」李維埃又看見了那雙手，想到了那雙手在合攏的時候所表露的細微動作。只要他說聲「好！好！您留下吧！」就行了。李維埃想像著那股湧進他那雙衰老手掌中的歡欣暖流。李維埃覺得工人這雙衰老的手中的歡欣，要比他臉上表現出來的更美麗動人。

「我要不要撕掉這份文件？」

他想起老頭子的家庭，想起他晚上回到家裡時的情景，想起那種樸實的驕傲：

「那麼，他們把你留下來了？」

「怎麼？你們要曉得，阿根廷的第一架飛機可是我裝配的呀！」

年輕人就再也不會嘲笑他了，昔日的威信也就得以恢復……

「我撕不撕呢？」

電話鈴響了，李維埃摘下話筒。

過了好長一會兒，才聽見了那種迴響——那種風和空間給人聲帶來的深邃迴響。最後有人說話了：

「這裡是機場。您是誰？」

「李維埃。」

「經理先生，六五九號已進入跑道。」

「好。」

「現在一切準備就緒，但在最後時刻，我們不得不把電路重新弄一下，因為連接上出了點問題。」

「好，安裝電路的是誰？」

「我們將會查清楚的。如果您允許的話，我們將採取懲罰手段。一盞航燈壞了，這事可嚴重了！」

「當然。」

李維埃想：「如果不根除禍患，那不管在什麼地方，只要碰上了它，就會產生一樁又一樁的航燈事故。放過這個禍患就等於犯罪。因此，羅布奈還是得走。」

祕書什麼都沒看到，一直在打字。

「這是什麼？」

「半月報表。」

「為什麼沒早點弄好？」

「我……」

「再說吧。」

「真奇怪，事故竟然占了上風，顯示出了一股巨大的無形力量。它就是那股掀動原始森林，不斷成長壯大，在所有偉大的事業周圍湧現出的力量。」李維埃想到了那些被小爬藤攀爬得倒塌下來的廟宇。

「一樁偉大的事業……」

李維埃為了寬慰自己，又想道：「所有這些人，我都喜歡，我反對的並不是他們，而是那透過他們作祟的禍患。」

心臟快速跳動了幾下，使他難受起來。

「我不知道所做的事好不好。我不瞭解人生的真正價值，也不瞭解公平和悲傷的準確意義。我不明白一個人的歡樂有何價值，不理解一隻顫抖的手，也不懂得憐憫和溫柔……」

他沉思起來。

「生活充滿了矛盾。做人可得好自為之……但是要讓生命永遠延續，要不斷創造，要用自己容易腐朽的軀體去交換……」

李維埃思索著，按響了電鈴。

「打電話給飛往歐洲的郵政班機飛行員，叫他出發前來見我。」

他想：

「可不能讓這架郵政班機徒然地返回來。我要是不去督促一下，那黑夜就會使他們惶惶不安。」

十　海底

飛行員的妻子被電話鈴聲吵醒了，她望著丈夫想道：

「我再讓他睡一會兒。」

她欣賞著他那流線型的袒露胸膛，想起了一條漂亮的船舶。

他躺在這張安靜的床上，就好像停歇在一個港灣裡。她用手指抹平那道褶皺，抹掉那片陰影和那排波浪，為的是不讓任何東西來擾亂他的睡眠。她把床收拾得安穩寧靜，就好像用神奇的一指使海洋變得風平浪靜。

她站起來，打開窗戶，讓夜風吹拂著面頰。這臥室俯瞰著布宜諾斯艾利斯。鄰居家裡，有人正在跳舞，舞池播放著悅耳的樂曲，隨風飄揚，因為這正是歡樂和休息的時刻。這座城市把市民緊擠在它的十萬個堡壘裡，一切都是寂靜和平安的，但是這個女人卻以為有人就要發出「拿起武器」的叫喊，而且似乎只有一個男人，也就是她的男人會挺身而出。他現在還在休息，但這種休息乃是即將投入戰鬥的預備隊員的那種可怕的休息。這座已經入睡的城市不會庇護他，當他、這位年輕的神，從城市燈火的塵埃中騰空而起的時候，燈光對他似乎是毫無意義的。

她注視著他那結實的雙臂。再過一個小時，這雙手臂就將維繫著飛往歐洲的郵政班機的命運，將要對某種偉大的事業負責，就像要對一座城市的命運負責那樣。她心緒不寧。在幾百萬人中，這個人竟是唯一被挑選去做那種奇怪犧牲的人。

她因此感到悲傷。他也將失去她的溫柔。她曾經為他準備吃喝，照顧和愛撫他，不是為了她自己，而是為了那即將奪走他的黑夜，為了那些她絲毫不瞭解的搏鬥、焦慮和勝利。他那雙熱情的手對她一味馴順溫存，但那雙手所做的真正工作她卻一無所知。她瞭解這個人的微笑，他的情人般的委婉謹慎，卻不瞭解他在暴風雨中的那種神聖的憤怒。她以各種溫柔的手段來籠絡他——音樂、愛情、鮮花，然而每到出發的時刻，所有這些手段便都失靈了，他卻並不因此而顯得痛苦。

他睜開了眼睛。

「幾點了？」

「半夜十二點。」

「天氣怎麼樣？」

「我不知道……」

他起床，一邊伸著懶腰，一邊朝窗戶慢慢走過去。

「我不會太冷的。風向如何呢？」

「我怎麼知道……」

他探首窗前說：

「南風，太好了。這樣子至少可以一直保持到巴西。」他發現了月亮並且感到幸運，然後俯視著城市。

這座城市既不親密，又不明亮，也不熱烈。他已經看見它的燈火，像無用的塵沙在逐一崩滅。

「你在想什麼？」

他想到阿雷格里港那邊可能有霧。

「我有策略，知道從什麼地方繞過去。」

他俯身向前，深深地呼吸，就好像赤身露體，準備縱身投入大海之前那樣深呼吸。

「你甚至不難過……你要去幾天？」

八天？十天？他也不知道。難過嘛，不，為什麼要難過呢？那些平原、那些城市、那些山嶺，他似乎都可以自由地去征服。他還想，一點鐘之前，他就將占有布宜諾斯艾利斯，然後又把它拋在後頭。

他微笑起來：

「這座城市……我那麼快就將遠離它。夜間起飛真美。把操縱桿一拉，面朝南方，十秒鐘之後，你就把景色倒轉過來，面朝北方了。這座城市也就成了海底。」

她想到他為了去征服而必須扔下的一切。

「你不喜歡你的家嗎？」

「我喜歡我的家。」

但是妻子感覺到他已經踏上了征程。那副寬闊的肩膀已經頂住了天空。

她把天空指給他看。

「碰上了好天氣，你的征途上鋪滿了星星。」

他笑了。

「是的。」

她把手搭在他的肩膀上，感覺到了肩膀的溫暖，因而激動起來。這副肉體難道受到了危險的威脅嗎？……

「你的身體很棒，但還是要多多小心！」

「要小心，那當然……」

他又笑了。

他正在穿衣。為了這個節日，他挑選了最粗硬的布和最結實的皮，穿戴得像個農民。他變得愈是笨拙，她反而愈是欣賞他。她親自給他扣上皮帶，穿好靴子。

「這雙靴子穿起來不舒服。」

「那就換上另一雙。」

「幫我找根繩子繫緊急照明燈。」

她打量著他，親自修整了全副披掛上的最後一個毛病。一切都準備停當。

「你真帥。」

她看見他精心地梳著頭。

「這是為了星星嗎？」

「是為了不讓自己有衰老之感。」

「我嫉妒……」

他又笑了，擁抱了她，把她緊緊地摟住，壓在那笨重的衣服上。然後，雙臂伸直地把她舉起來，好像舉起一個小女孩那樣，笑呵呵地把她放到了床上。

「睡吧！」

他隨後把門帶上，在那神祕莫測的夜間眾生之中，邁開了征服世界的第一步。

她待在那裡，淒涼地看著那些花、那些書、那一片溫馨。但這一切對他來說，都只不過是一片海底而已了。

十一　信念

李維埃接待了他：

「您在最近那次郵政班機的航行中，跟我開了一個玩笑。當時氣象明明很好，您卻折返，您本來能夠飛過去的。那時害怕了嗎？」

震驚的飛行員沉默著。他慢慢地來回搓動雙手，重新抬起頭來，正視著李維埃：

「是的。」

李維埃內心深處實在很憐惜，這個那麼勇敢的年輕人卻也害怕了。飛行員試圖為自己辯解：

「我當時什麼都看不見。當然，更遠的地方……或許……無線電報告……但機內照明燈變弱了，我再也看不見自己的手了。我曾想打開航行燈，至少能看得見機翼——然而我什麼也看不見，好像掉進了一個大洞的洞底，很難爬上去了。這時馬達震動起來。」

「不是這樣。」

「不是嗎？」

「不是這樣。後來我們檢查過馬達，馬達好好的。不過，一個人害怕的時候，總以為馬達在震動。」

「誰不會害怕呀！群山向我迎面撲來。我想爬高的時候，又遇上了強大的渦流。您是知道的，一個人什麼也看不見的時候……那股股渦流……我升不上去，反而下降了一百公尺。甚至連陀螺儀和氣壓表也都看不見了。馬達好像轉速降低了，它發燙了，油壓也下降了……所有這一切都發生在黑暗之中，好像得了急症似的。我的確很高興，重新見到了一座光明的城市。」

「您的想像力太豐富了。去吧。」

於是飛行員出來了。

李維埃縮在扶手椅中，摸了摸灰白的頭髮。

「他是我下屬中最勇敢的人。那天晚上所獲得的成功是很了不起的，但是我把他從恐懼中救了出來……」

過後，他又感到心慈手軟起來：

「為了討人歡喜，只需要同情別人就夠了。而我卻不太同情人，或者是我把這感情隱藏了起來。我非常高興周圍充滿了人類的友愛和溫情。醫生可以在他的職業中遇到友愛和溫情，而我服務的對象是事，我必須鞭策人，好讓他們為這些事服務。當我晚上待在辦公室裡，面對那些飛行報告時，我是多麼深刻地體會到了這條無形的規律啊。我要是任其自流，任那些安排好了的事情自行發展，那麼，意外就出現了。真是神乎其神，就好像只有我的意志才能阻止飛機在航行中毀滅，或者只有我的意志才能阻止風暴耽誤郵政班機飛行。有時，連我也對自己的權威感到驚奇。」

他又想：

「這或許是很明顯的。園丁在草坪上的持續不斷的戰鬥就是這樣。他以那隻普普通通的手的重量，把大地培育的原始森林一次又一次推回到土地裡去。」

他想起了那個飛行員：

「我把他從恐懼中挽救出來。我打擊的並非他這個人，而是他身上那種使世人在未知物面前癱瘓下來的阻力。如果我聽他的話，同情他，認真對待他的冒險，他將以為自己是從神祕國度來的，而世人害怕的正是這種神祕。必須讓這些人都下到黑暗的井底，然後再讓他們上來，說自己什麼也沒有碰到。必須讓這個人進入黑夜最隱祕的內心深處，陷進一團漆黑之中，甚至連一盞只能照見自己雙手或機翼的小礦燈也沒有，必須讓他用寬闊的肩膀來排除那未知物。」

然而，在這場搏鬥中，一種默默無聲的友誼使李維埃和他的飛行員心心相印。他們同舟共濟，懷著克敵制勝的共同欲望。不過，李維埃還回想起了另外幾次為征服黑夜而進行的戰鬥。

官方人士都害怕那個陰暗的領域，好像這是一片沒人敢問津的荊棘林。他們認為，派遣一個機組以每小時兩百公里的速度，衝向被黑夜籠罩而不露形跡的雷雨、濃霧和種種物質障礙，作為軍事飛行還屬情有可原：飛機利用晴朗的夜晚起飛，去轟炸，然後再返回原地。至於正常的航行業務，這樣的晚上是辦不到的。李維埃曾經反駁說：「這對於我們來說是生死攸關的問題，因為每天晚上，飛機在白天相對火車和輪船所贏得的優勢都喪失殆盡。」

李維埃曾不勝其煩地聽大家談論資產負債表、保險，尤其是輿論。他駁斥說：「輿論……那是任人操縱的呀！」他想：「浪費了多少時間呵！有些事可比這一切重要多了。凡是有活力的東西，為了活下去，就敢和一切發生衝撞；為了活下去便敢創造它自己的規律。這是不可抗拒的。」李維埃並不知道商業性的夜間飛行什麼時候可以開闢，也不知道它如何開闢，但是必須著手準備這件勢在必行的事。

他回憶起那些綠色的會議桌。他曾在這些桌子前，拳頭托著下巴，懷著一種奇特的自信感，傾聽了那麼多的反對意見。他認為這些意見都是毫無意義的，是早就被生活擯棄了的。他感到凝聚在身上的力量分外有力。

「我的道理是有分量的，我會勝利的。」李維埃想，「這是大勢所趨嘛。」當別人要他拿出可以排除一切危險的完善的解決辦法時，他回答說：「經驗會產生規律，而我們對規律的瞭解，是永遠不會先於經驗的。」

經過漫長的一年奮鬥，李維埃終於勝利了。一些人說：「那是由於他的信念。」另一些人則說：「那是由於他不屈不撓，有那種一往無前的公熊似的衝勁。」然而對他來說，解釋就很簡單，只因為他審時度勢，方向正確罷了。

但是，開始的時候是多麼謹慎呵！飛機在天亮前一個小時才起飛，在日落後一個小時就降落。只有當李維埃對自己的經驗更有把握時，他才敢把郵政班機推入沉沉的黑夜之中。現在他仍在進行單槍匹馬的戰鬥，幾乎沒有人追隨，甚至是冒天下之大不韙哩！

李維埃按動電鈴，想瞭解正在航行中的飛機的最新消息。

十二　暴風雨

這時，郵政班機從巴塔哥尼亞起飛，正碰上暴風雨。法比安放棄了繞道飛行的念頭。他估計這場暴風雨的範圍太廣闊了，一道道閃電直躥向這個國家的內陸，顯露出團團黑雲所形成的重重堡壘。他試圖從烏雲下面飛過去，萬一情況不妙，就返回原地。

他讀了讀高度表：一千七百公尺。然後，他把掌心壓在操縱桿上，開始降低高度。馬達震動得很厲害，連飛機也抖動了起來。法比安稍微調整了一下下降的角度，接著，在地圖上確認了一下山丘的高度：五百公尺。為了留有餘地，他按七百公尺的高度飛行。

他犧牲高度，就像一個人拿財產來當賭注。

一股氣流使飛機下沉，機身抖得更劇烈了。法比安似乎受到了一種看不見的崩塌的威脅。他幻想著正在返回原地，又重新看見成千上萬顆星星，但是連一度彎也沒有轉過來。

法比安考慮到各種可能性。也許，這只是局部地區的暴風雨，因為下一個中途站特雷利烏發出信號說，四分之三的天空布滿了烏雲，那意味著要在這片黑暗的混凝土中熬上二十分鐘之久。但飛行員仍然惶惶不安。他俯身向左，面對勁吹的疾風，極力想辨明那些在漆黑的夜晚仍在穿梭盤旋的浮光掠影，到底是什麼東西。但是那些甚至也說不上是浮光掠影了，只不過是深沉夜色濃厚度的變化，或者是眼睛疲乏引起的幻覺罷了。

他展開通訊員遞過來的一張字條：

「我們現在在什麼方位？」

要是能知道現在是在何處，法比安真會不惜任何代價。他回答：「我也不知道。我們正在靠指南針穿過暴風雨。」

他又俯下身去。排氣管噴出的火焰使他很不自在。火焰掛在馬達上，有如一束白色的花，那麼蒼白——要是有月色的話，它真會黯然失色的。但是如今在這片虛無的天空之中，這束暗淡的白光卻吞沒了整個有形的世界。他看著這火焰，濃密的焰火在風中搖曳，好像一支火炬的火苗。

每隔三十秒鐘，法比安就把頭伸進座艙，去檢驗陀螺儀和羅盤。他再也不敢開亮那幾盞光線微弱的紅燈，這些燈使他長時間地眼花撩亂。但是所有帶鐳光數字的儀表，都放射出一股慘白的星光。飛行員待在那些指針和數字中間，有一種虛假的安全感：就像待在浪潮衝擊下的船艙裡的那種感覺。黑夜以及它從懸崖邊、從沉船上、從山丘間所裹挾的一切，全都洶湧澎湃地撲向飛機，營造了同樣令人驚心的厄運。

「我們在什麼地方？」通訊員又問他。

法比安再次飛出來，靠向左邊，特別地警覺。他也不知道要花多少時間、費多大氣力，才能擺脫那些陰森森的羈絆。他幾乎懷疑自己還能否脫身，因為他正把生命押在那張又髒又皺的小紙片上。為了鼓起希望，他已經把這些小紙片展開來讀了上千遍：

「特雷利烏：『四分之三的天空布滿烏雲，有微弱的西風。』如果特雷利烏的天空只有四分之三被覆蓋，那我應該就能在雲隙間望見燈光。除非……」前方可能見到那線微光的希望召喚著他前進。但是他有些懷疑，便給通訊員塗了幾個字：「我不知能否闖過去。請告訴我後方的天氣是否一直晴好。」

通訊員的回答使他驚慌起來：

「科摩多羅發來信號說：『不可能飛返此間。有風暴。』」

他猜測一場異常的襲擊，正從安地斯山脈朝大海猛撲過來。在飛抵安地斯山脈之前，颶風將席捲那些城市。

「請打聽聖安東尼奧的天氣。」

「聖安東尼奧回答：『刮西風，並且西方有風暴。天空全是陰雲。』由於雜訊干擾，聖安東尼奧聽不清楚，我也聽不清楚。也因為放電，我想只好馬上抽回天線了。您將返回原地嗎？您的計畫如何？」

「別打攪我了。請打聽布蘭卡港的天氣……」

「布蘭卡港回答：『預料在二十分鐘之內，布蘭卡港上空會有一場從西邊來的暴風雨。』」

「請打聽特雷利烏的天氣。」

「特雷利烏回答：『從西來的颶風每秒三十公尺，並且有暴雨。』」

「請通知布宜諾斯艾利斯：『我們四面八方受困，風暴擴展到了一千公里的區域，什麼都看不見了。我們該怎麼辦？』」

對於飛行員來說，這個夜是無邊無際的，它既不能通向一個港口（所有的港口都進不去），也不能通向黎明。再過一小時四十分，燃油也將用完，他遲早會被迫墜入這茫茫黑夜。

除非他能熬到天亮……

法比安想到了黎明，就像想到在艱苦的黑夜過後，大家可以停靠下來的金色沙灘。在那危機四伏的飛機下面，可能會出現平原的口岸。寧靜的大地懷抱著沉睡的農莊，還有那些成群結隊的牛羊以及蜿蜒的山丘。所有曾在黑暗中滾動的、沉船上的漂流物，將再也不會傷人了。要是能夠這樣做，他是多麼願意游向天明呀！

他想到，自己已陷入重圍。在這沉沉的漆黑夜晚，不管好壞，一切都會了結的。

的確，有時候，當白天來臨時，他就以為平安脫險了。

然而，兩隻眼睛盯著太陽出現的東方，又有什麼用處呢？在他和太陽之間橫亙著的黑夜是如此深邃，根本不可能逾越。

十三　銷聲匿跡

「亞松森的郵政班機正在順利飛行。它將於兩點左右到達我們這裡。與此相反，巴塔哥尼亞的郵政班機似乎陷入了困境，恐怕會大誤點。」

「很好，李維埃先生。」

「我們很可能不等巴塔哥尼亞的飛機到達，就讓歐洲的班機起飛。只等亞松森的飛機一到，你們就來聽我的命令，整裝待發吧。」

李維埃正在重念北方各中途站發來的護航電報。它們給歐洲的班機開闢了一條月色皎潔的航行路線：

「天空明淨，滿月，無風。」

巴西的群山輪廓分明地展現在明亮的夜空之中，像頭髮那麼濃密的黑壓壓的森林，直映入大海的銀色波浪裡。月亮的清輝無休無止地灑向森林，但是並沒有染上什麼顏色。島嶼也是黑黝黝的，像是漂浮在海上的沉船殘骸。月亮就像一座光明的噴泉，永不枯竭，把無窮無盡的光輝傾灑在整個航道上。

如果李維埃下令起飛，歐洲郵政班機的機組人員便會進入一個平穩的世界——整個晚上，這世界都將柔光似水。沒有任何東西會威脅那黑暗與光明之間的平衡，就連和煦的清風也不會滲透進來。但如果風力增強的話，幾個小時之內就會把整個天空攪得一塌糊塗。

但是，面對著這一片光明，李維埃猶豫不決起來，就好像一個勘探隊員面對著一片金礦禁區。南方發生的事件，說明作為夜間航行的唯一捍衛者的李維埃犯了錯誤。他的對手都會從巴塔哥尼亞的災難中，獲得一種道義上的強有力的優勢，使得李維埃的信念可能從此一蹶不振——而李維埃的信念從沒動搖過。

他的事業中的一次裂痕釀成了這個悲劇，但是這道裂痕不能證明任何其他的東西。「也許，在西部需要設一些觀察站……以後再說吧。」他又想，「我有跟過去同樣充分的理由堅持下去‥可能導致意外的原因暴露出來一個，就會減少一個。」

失敗使強者變得更強。不幸的是，世人在玩的遊戲竟是反對人類的，在這種遊戲中，事物的真正意義是微不足道的。世人只就表面現象論輸贏，記下一些沒有什麼價值的分數。於是，大家都被表面上的失敗捆住了手腳。

李維埃按動電鈴。

「布蘭卡港一直沒透過無線電向我們報告什麼嗎？」

「沒有。」

「給我打電話叫這個中途站。」

五分鐘後，他問道：

「你們為何什麼都不告訴我們？」

「我們沒有聽見那架郵政班機的聲音。」

「它沉默無言嗎？」

「不知道。暴風雨太猛。即使它在發報，我們也聽不到。」

「特雷利烏的信號能聽得見嗎？」

「我們聽不見特雷利烏的信號。」

「給它打電話。」

「我們試過了，電話線斷了。」

「你們那裡天氣如何？」

「暴風雨即將來臨。西方和南方有閃電。天氣十分沉悶。」

「有風嗎？」

「現在還不大，但是再過十分鐘恐怕就要變了。閃電正在快速逼近。」

一陣沉默。

「布蘭卡港嗎？你們在聽嗎？那好。十分鐘後再給我們打電話。」

李維埃翻閱南方各中途站的電報。所有中途站的報告都是一樣的：飛機已經銷聲匿跡。有幾個中途站再也不回應布宜諾斯艾利斯的電話了。地圖上沉默省區的範圍越來越大。這些外省的小城市遭到了颶風襲擊，所有的門都已經關閉。昏暗無光的街道上，每幢房子都像一條船，與世隔絕，迷失在茫茫黑夜之中，只有黎明才會解放它們。

然而，李維埃俯在地圖上，內心仍希望發現一片純淨空間能讓飛機避難。因為他曾經打電報給外省三十個城市的警察局，來瞭解天氣情況，回話開始傳來。在兩千公里的範圍內，無線電站都接到了命令，只要其中的一個收聽到了飛機上的呼喚，就要在三十秒鐘之內通知布宜諾斯艾利斯，再由布宜諾斯艾利斯把避難位置通知該無線電站，由它轉告法比安。

祕書在凌晨一點被召回辦公室。在那裡，他們神祕地得知，夜間飛行可能會中止，飛往歐洲的郵政班機天亮時才會起飛。他們低聲地談起法比安，談起颶風，特別是談起李維埃。他們猜測他就在那裡，近在咫尺，他已經逐漸被大自然的倒行逆施壓垮了。

所有的聲音都平息下來了⋯⋯李維埃剛剛出現在門口，緊裹著大衣，總是用帽子遮著雙眼，活像一個永遠的旅行者。他跨著鎮定的步子走向辦公室主任⋯⋯

「現在是一點十分，歐洲郵政班機的文件都弄好了嗎？」

「我⋯⋯我原以為⋯⋯」

「您不必以為，而是去執行。」

他轉過身，緩慢地走向開著的窗戶，兩手交叉放在背後。

一個祕書走到他面前：

「經理先生，我們將得不到多少答覆了。人家通知我們說：『在內陸，許多電話線都被毀了。』」

「好吧。」

李維埃一動不動地注視著黑夜。

就這樣，每一個訊息都在威脅著這架郵政班機。每一座城市，在電話線路還沒有被損壞之前，只要它還能回話，都報告說颶風就像侵略者那樣在推進：「這颶風來自內陸，來自安地斯山脈，它一路橫掃過來，奔向大海……」

李維埃覺得星星太明亮，空氣太潮溼了。多麼奇怪的夜晚呵！它突然之間一塊塊地變壞，就好像一個油光光的水果的果肉。滿天的星斗仍然高高地照耀著布宜諾斯艾利斯城，但這地方也只不過是一個暫時的綠洲，而且是處在郵政班機機組的活動範圍之外。暴風雨即將來臨的黑夜，一股惡風正在向它襲擊，正在破壞它。難以戰勝的黑夜。

一架飛機在黑夜某處深淵之中遇險，機組人員在飛機上無能為力地掙扎著。

十四　責任

法比安的妻子打來了電話。

每逢丈夫返航的晚上，她都在計算從巴塔哥尼亞起飛的郵政班機的航程：「他現在從特雷利烏起飛了……」然後她又入睡了。過了一會兒：「他大概快到聖安東尼奧了，能看到那裡的燈光了……」她從床上爬起來，拉開窗簾察看天色：「所有這些雲都對他不利……」有時，月亮像一個牧人那樣在夜空遨遊。於是，這個少婦又躺下去，她因為看見了月亮、星星和出現在丈夫周圍的萬千東西而感到放心。快到一點鐘時，她感到他靠近了：「大概不會很遠了，他該看到布宜諾斯艾利斯了……」於是，她又爬起來，給他準備飯菜，還有一杯熱騰騰的咖啡：「飛機上那麼冷……」她總是這樣迎接他，就好像他是從雪峰上下來：「你不冷吧？」「不冷。」「還是暖和一下吧……」快到一點十五分的時候，一切便都準備好了。於是，她就去打電話。

和過去別的晚上一樣，她詢問道：

「法比安已經降落了嗎？」

聽她講話的祕書有點慌張：

「您是哪位？」

「我是西蒙娜．法比安。」

「哦，請等一等……」

祕書什麼話都不敢說，把聽筒遞給了辦公室主任。

「您是誰？」

「我是西蒙娜．法比安。」

「哦！夫人，您有什麼事？」

「我的丈夫已經降落了嗎？」

一陣沉默。這沉默可能顯得令人費解，接著他簡單地回答說：

「沒有。」

「他誤點了嗎?」

「是的……」

又是一陣沉默。

「是的……誤點了。」

「啊!……」

這是一個受傷的肉體所發出的「啊」。誤點倒不是什麼大不了的事……是沒關係……不過,要是一直誤下去……

「呵!……那麼他什麼時候會回來?」

「他什麼時候會回來?我們……我們也不知道。」

現在她可是碰了壁了。她得到的只不過是自己問題的回聲罷了。

「我請求您,請您回答我吧!他現在在哪裡?」

「他現在在哪裡?請等一下……」

這種吞吞吐吐的態度使她難受——他們那邊,在那堵牆壁後面,出事了。

他們決心說實話了：

「他晚上七點三十分從科摩多羅起飛。」

「後來呢？」

「後來嗎？……誤點得很嚴重……由於天氣不好而誤點得很嚴重……」

「呵！天氣不好……」

這真是太不公平，欺人太甚了！在布宜諾斯艾利斯的上空，那月亮不仍然優閒地高懸在那裡嗎！這個少婦突然記起來，從科摩多羅到特雷利烏幾乎還不用兩小時。

「他朝特雷利烏已經飛了六個小時了！但是他給你們發了電報呀！他說了些什麼呢？」

「他跟我們說了什麼嗎？碰上這樣的天氣，顯然……您也很清楚……他發的電報我們是收不到的。」

「這樣的天氣！」

「那麼，就這麼辦吧，夫人，我們一得到什麼消息，就會給您打電話的。」

「呵！你們什麼都不知道……」

「再見，夫人……」

「不！不！我要跟經理說話！」

「經理先生很忙，夫人，他正在開會。」

「呵！我不管！我不管開不開會！我要跟他講話！」

辦公室主任擦了擦汗：

「請等一下……」

他推開了李維埃辦公室的門：

「法比安夫人要跟您講話。」

「糟了！」李維埃想，「我怕的就是這個。」

悲劇的感情因素開始出現了——最初他曾想避開這些因素。母親和妻子是不進手術室的，在遇險的船隻上也是容不得感情說話的。感情無助於救人性命。然而他到底還是同意了：

「把電話接到我的辦公室來。」

他聽見了那個細微、遙遠而顫抖的聲音，立刻就明白了，他將不能答覆她。對他們兩個人來說，針鋒相對是永遠也沒有結果的。

「夫人，我請您冷靜些。做我們這一行的，常常都要花很多時間等消息。」

他已經達到了這種境界，也就是說，現在提出來的問題已經不是個人的小小不幸，而是行動本身的問題。李維埃面對的不是法比安的妻子，而是生命的另一種意義。李維埃只能傾聽著這個細微的聲音，只能對這種滿腔哀怨的悲歌表示同情而已。因為行動和個人幸福，兩者是不能兼得的：它們是互相對立的。這個女人也是以一個兩人世界的名義在談論她的義務和權利。這是一個由檯燈照亮夜晚的世界，一個肌膚相親的世界，一個希望的、愛情的、回憶的王國。她要求她的幸福，並且有她的道理。而他，李維埃，也有他的道理，但是他提不出什麼理由來反對這個女人的真理。他發現自己的真理，在那卑微的家庭燈光的照耀下，竟然是難以啟齒和不近人情的。

「夫人……」

她不再聽下去了。他似乎感覺得到，她在用脆弱的拳頭用力捶打著牆壁，幾乎跌倒在他的腳下。

有一天，在一個正在施工的橋梁工地上，李維埃和一名工程師彎腰察看一名因公負傷者，工程師對他說：「建造這座橋梁，值不值得以一張壓碎的臉作代價呢？」這條路是為農民開闢的，但是沒有一個農民會因為不想繞遠路走一座橋，而同意毀掉一個人的臉。然而，我們還是建造了好些橋梁。工程師還說：「總體利益是由好些個體利益所組成的，再沒有其他的道理可說了。」但是，李維埃後來回答說：「人的生命是無價之寶，然而我們總是在行動，就好像有什麼東西超過了人的生命似的……但是這東西到底是什麼呢？」

李維埃想起了那個機組，感到心情沉重。行動，即使是建造橋梁，都要毀掉好些人的幸福。因此李維埃不能不問自己：「這樣做，憑的是什麼名義呢？」

「這些人，」他想，「這些可能要消逝的人，本來是可以生活得很幸福的。」他在夜晚的燈光下、那藏嬌的金屋中，看到了好些低垂的面孔：「我憑什麼把他們從那些神聖的地方拉出來呢？」他以什麼名義剝奪了他們的個人幸福呢？人類的第一條法律不就是保護這些幸福的嗎？而他卻在毀滅這些幸福。不過，那些藏嬌的金屋，命裡注定有一天也會像海市蜃樓般消逝的。衰老和死亡，會比他更無情地把它們摧毀。也許還存在別的需要拯救的東西，而且是更加持久的東西；也許李維埃所致力的事業，恰恰是為了拯救人類的這一部分呢？否則，他的行動也就毫無道理了。

「愛，僅僅只是愛，那怎麼行得通！」

李維埃模模糊糊地感覺到有一種比愛的責任更偉大的責任。或者說，這也是一種愛，但完全不同於另外那些愛。他想起了一句話：「問題就在於要使他們成為永恆……」他曾在什麼地方讀到這句話呢？「你內心所追求的東西正在死亡。」他又看見了祕魯古代印加人的一座太陽神廟——那些筆直地屹立在山頭的石塊。那強盛的古代文明，就是以這些石塊，像悔恨那樣，壓在今日人類的心上。要是沒有這些石頭，那盛極一時的古代文明還會留下什麼呢？「古代人民的領導者是以什麼樣的鐵石心腸或者是以何等奇怪的愛，強迫他的人民把這座廟堂搬到高山之巔，迫使他們豎立起這永恆的豐碑呢？」

李維埃在冥思默想中，還看見了那些小城鎮裡晚上圍著音樂亭打轉的人。「這種類型的幸福，這種包袱……」他想，「古代的領導者，可能並不憐惜人民的痛苦，卻無限憐惜他們的死亡。他不是憐惜個人的死亡，而是憐惜將被莽莽黃沙吞沒的整個人類。於是，他便率領人民堆砌了那些至少不會被沙漠埋葬的石頭。」

十五　最後一顆照明彈

這張折成四格的字條，也許能解救他，法比安咬著牙把它打開來：

無法和布宜諾斯艾利斯聯絡了。我甚至連機器也操縱不了了：我的手指觸了好幾回電。

法比安生氣了。他正想回答，但是當手鬆開操縱桿，準備寫字的時候，一股強大的氣浪穿透了他的身體。渦流搖晃著將他連同那五噸重的金屬機體，一齊高高掀起。

他只好放棄回答，雙手再次緊握操縱桿，以駕馭氣浪並將它制服。

法比安深深吸了一口氣。如果通訊員因害怕暴風雨而抽回了天線的話，法比安將在落地之後狠狠地揍他一頓。必須不惜一切代價和布宜諾斯艾利斯聯繫，就好像對方能從一千五百公里之外朝他們陷進的深淵扔來一根救命索。沒有一星半點顫動著的亮光，也沒有小旅舍的一盞燈火——雖然幾乎無濟於事，但能像燈塔一樣證實下面就是陸地。那麼，他至少也該聽到一點聲音，即使是單獨的一個聲音，一個來自對他來說「已經不再存在的世界」的聲音。飛行員舉起拳頭在紅色燈光下晃了晃，為的是讓後面的通訊員懂得這個悲劇般的現實。但是，那個通訊員卻並不理解，他正對著橫遭洗劫的空間、深藏不露的城市和不再發光的燈火出神。

現在只要有人給法比安喊話出主意，他是什麼主意都會聽從的。他想：「如果有人叫我繞圈子，我就繞圈子。如果要我朝正南飛……」天底下總該有些和平安寧的地方，總該有些月白風清的溫馨土地。那裡的同事瞭解這些地方，他們像學者一樣博學，在美如鮮花的燈光照耀下，正在低頭察看地圖，他們是無所不能的。而他呢？除了那些渦流，和那以天崩地裂的速度催動黑色激流向他衝擊的黑夜之外，他還知道什麼呢？他們總不能把兩個人拋棄在這些狂呼怒號的颶風和烏雲滾滾的雷霆烈焰之中吧。他們不能這樣。他們該命令法比安：「航向二四〇……」於是他就會掉轉機頭，對準二四〇。然而現在他只是孤家寡人。

他感覺連機器也造起反來了。每當飛機下降時，馬達都震動得特別厲害，以至於整架飛機都好像氣得發抖起來了。法比安竭力駕馭著飛機，把頭伸進座艙，面對著陀螺儀上的地平線。在外面，他再也分辨不出哪裡是天、哪裡是地了，完全陷進了洪荒年代的一片混沌的黑暗之中。但是顯示方位的指針擺動得越來越快，變得很難跟上了。遭指針愚弄的飛行員困難地掙扎著，失去了飛機的高度，慢慢地墜進了這片黑暗之中。他讀了一下飛機的高度：「五百公尺。」這也正是那些山巒的高度。

他感到群山正驅動那令人眩暈的浪潮向他滾滾襲來。他也明白，地面上的那些山丘，哪怕是其中最小的一座也能把他撞得粉碎。而現在這些山好像被連根拔起，失去了控制，開始像醉鬼似的圍著他轉動，在他周圍跳起一種深不可測的舞蹈，舞圈把他裹得越來越緊。

他打定主意，決定冒著撞擊的危險，把飛機降落在任何一個地方。為了躲開山丘，他打出了唯一的一顆照明彈。照明彈燃燒著，繞著圈子，照亮了一片平原，隨即熄滅了——這可是大海。

他迅速地想道：「完了。我雖然矯正了四十度，但還是偏移了，這是颶風在作祟。陸地在什麼地方？」他朝正西轉過去：「現在再沒有照明彈了，我沒命了。」

這結局總有一天會發生的。而他的夥伴，在身後的那位……「他抽回了天線，一定是這樣。」但飛行員不再記恨他了。要是他隨便一鬆手，夥伴的生命就會像一粒毫無價值的塵埃，立刻消失。他手中握著夥伴跳動的心和自己的心。突然，這雙手使他害怕起來。

在渦流攻城撞錘般的打擊下，他盡全力抓住操縱桿以減輕它的震動，否則就會把操縱索磨斷。他一直緊緊抓住它，以致因用力過度而失去了知覺，再也感覺不到了。他想動彈一下手指，以便獲得訊息：手指是否還服從意志。但跟手臂連在一起的像是某種與他無干的東西，彷彿是一些沒有感覺的軟綿綿的腸衣薄膜。

他想：「我必須極力想像自己在牢牢抓緊……」他不知道這個想法是否能傳

達到手上。他只能從肩膀的疼痛中感到操縱桿在劇烈地震動：「我抓不住它了……我要鬆手了……」但是，他因為產生了鬆手的想法而害怕起來。他感到，這一次手服從了想像的無形力量，在黑暗中慢慢地張開來，把操縱桿放棄了。

他本來還可以拚一下，碰碰運氣。外在的必然性是沒有的，但是內在的必然性卻是存在的：一個人一旦發現自己危難當頭，失誤就會像眩暈一般來引誘你。

正是在這種時刻，在暴風雨的裂縫之中，他的頭頂上閃現出幾顆星星，就好像陷阱深處那一塊致命的誘餌。

他明明知道這是陷阱：有人在一個雲洞裡看見了三顆星星，便朝那些星星飛上去，然後再也下不來了，只能留在那裡啃星星……

但是，他對光明的渴望是那樣強烈，以至終於還是飛上去了。

十六　飛向光明

他根據星星提供的標記，努力減輕渦流的干擾，並加以排除，往上飛去。那蒼白的磁石吸引著他。他為了追求光明而艱苦奮鬥了那麼長的時間，再也不會放棄哪怕是最模糊的一點亮光了。要是有幸能發現小旅店的燈光，他會圍著渴望的信號轉圈，直到死亡。現在，他正飛向光明的田野。

在這口曾經張開，如今又在頭頂上合攏的井裡，他盤旋著慢慢升高。他越是往上飛，雲層就越是失去了那烏黑的爛泥色，彷彿一些越來越純清潔白的波浪，向他滾滾逼來。法比安浮出了雲層。

他感到特別驚奇，因為光線是那麼明亮，使他眼花撩亂。他只好把眼睛閉上幾秒鐘。他從來都沒想到，雲層在夜晚能這樣耀眼。滿月和群星卻使這些雲朵變成了閃光的波濤。

就在他浮出來的瞬間，飛機安穩下來了，安穩得似乎很不尋常，沒有一個氣浪使它傾斜，宛如一艘越過了堤壩的小船，進入了平靜的水庫。他碰上了一片陌生的隱匿天空，就好像船隻碰上了那些幸運島嶼的港灣。在他的腳下，暴風雨組成了另一個厚達三千公尺的風狂雨驟、雷電交加的世界，卻把一副水晶和白雪般的面孔朝著天上的星辰。

法比安以為自己到達了一個奇異的太虛幻境，他的雙手、衣服，還有飛機的翅膀，都變得通明透亮。光明並非來自群星，而是從他腳下、四周，從這些白色的雲堆中散發出來的。

他腳下的那些雲層，把它們吸收的雪亮的月光全部發射了出來。他左右兩邊那些高塔般的雲朵也都一樣放光。天空中流動著一種乳白色的亮光，機組人員都沐浴在亮光之中。法比安回過頭來，看見通訊員在微笑。

「這樣好多了！」他叫道。

但是，他的聲音消失在飛機發出的轟鳴聲中，只有微笑是相通的。「我完全瘋了。」法比安想道，「還微笑什麼？我們完了。」

然而，那千百隻無形的手臂已經把他鬆開，像鬆綁了一個囚犯，讓他在花叢中單獨待上一會兒。

「太美了。」法比安想道。他在像財寶一樣堆砌得密密麻麻的群星之間漫遊，在一個除了自己和夥伴之外就絕無其他生物的世界中漫遊。他們就像傳說中的城市小偷一般，被關在堆滿財寶的屋子裡，再也不能跑出來了。他們在那些冰冷的寶石堆中漫遊，無限富有，卻注定死亡。

十七　消息

在巴塔哥尼亞的中途站中，有一個名叫科摩多羅．里瓦達維亞的中途站。站上的一個通訊員突然做了一個手勢，於是，所有無可奈何地守候著郵政班機消息的人，都聚攏到了這個人周圍，俯下了身子。

他們俯視著那張被強光照亮的白紙。通訊員的手仍在猶疑，鉛筆在晃動。電文並沒有被書寫出來，但是他的手指已經在發抖了。

「有暴風雨嗎？」

通訊員點了點頭。暴風雨的雜訊妨礙他聽懂對方的聲音。

接著，他記下幾個難以辨認的符號，又記下了一些字。大家終於可以讀出整個電文了：

我們被困在三千八百公尺的風暴上空，正向正西朝內陸飛行，因為我們曾飄移到了海上。在下面，一切都堵塞不通了。我們不知道是否仍在海面上飛行。請告知風暴是否延伸到了內陸。

由於暴風雨的緣故，大家只好將這份電報一站一站地依次傳往布宜諾斯艾利斯。這消息在黑夜中向前傳送，宛如從一個塔樓到另一個塔樓點燃起來的火光。

布宜諾斯艾利斯回答說：

「風暴遍及內陸。你們還剩下多少燃油？」

「半小時。」

這句話透過一個值班員到另一個值班員之手，依次傳回了布宜諾斯艾利斯。

這個機組注定要在三十分鐘之內被捲進颶風之中，直到被摔在地上。

十八　與世界的連結

李維埃沉思起來。他不再抱任何希望了，這個機組將在某個地方墜入黑夜之中。

李維埃回憶起童年時印象深刻的一件事：大家抽乾池塘來尋找屍體。在黑暗從地面上消逝之前，在這些沙地、平原、麥田重新顯現在日光下之前，他們將什麼都找不到。也許一些普通的農民會在寧靜的氛圍中，發現兩個屈臂遮住面孔的孩子，躺在油綠的草叢中和金黃的麥田裡，似乎是睡著了。但是黑夜已經將他們淹沒了。

李維埃想起了那些傳說中的財寶，埋在黑夜深淵那樣的海底……那些黑夜的蘋果樹，帶著盛開的花朵──尚未結果的滿樹花朵等待著白天。黑夜是富饒且芳香的，滿圈的羊兒都已酣睡，還有那些含苞待放的花朵。

逐漸地，肥沃的田野、溼潤的樹林和鮮豔的苜蓿花都將顯露在日光之下。但是，在那些已經不再傷人的山丘、草地和羊兒之間，在風和日麗的寧靜天地間，有兩個孩子似乎將要沉睡不起了。某種東西已經從這個肉眼可見的世界流進了另一個世界。

李維埃瞭解法比安那個溫柔而焦慮的妻子。她是不久前才剛剛獲得這份愛情的，就好像一個窮苦的小孩剛剛得到了一件玩具。

李維埃想起了法比安的手，他的手在短暫的幾分鐘之內，還能夠依靠操縱桿來掌握自己的命運。這隻神聖的手曾經撫愛過戀人，曾經撫摸過一個胸脯並且平息過它的騷動。這是一隻曾經撫摸過一張面孔，並且改變了那張面孔的手。這是一隻神奇的手。

法比安在光輝奪目的雲海之上夜遊，在雲海的下面，便是永恆。他在只有他一個人居住的星座間迷了路。現在他的手仍然掌握著世界，並且讓它在胸前保持平衡。他緊緊抓住操縱桿，就好像緊緊握住寶貴的人生重負，絕望地從一個星球飛向另一個星球，拖曳著那必須要歸還的無用的珍寶信步遊逛。

李維埃想到，還有一個無線電臺可以收聽到他的聲音。如今只剩下一種音樂般的聲波、一種細微的音調變化，把法比安和這個世界連結在一起了。沒有一聲呻吟，沒有一聲叫喚，卻是一種由絕望而產生的最單純的聲音。

十九　等待

羅比洛把他從思索中拉了出來：

「經理先生，我想過……我們或許可以試一試……」

他並沒有什麼建議，只不過以此來表示他的好意罷了。他倒真想找到一個辦法，即便有點像猜謎。他總是找到一些李維埃從來都不聽從的解決辦法：「您明白嗎？羅比洛，生活中沒有現成的解決辦法。只有一些力量在發揮作用，必須創造這些力量，然後解決的辦法也就隨之而來了。」因此，羅比洛也就只能在技師的圈子裡發揮一種推動力，也就是防止螺旋槳轂生鏽的作用。

但是，這天晚上的事件，卻使羅比洛束手無策了。他這督察員的頭銜，對暴風雨是根本無能為力的，對一個幽靈似的機組來說，也是一樣。如今這個機組再也不是為了得準時獎而奮力拚命，而是為了逃避那唯一的懲罰——這懲罰使羅比洛的所有懲罰都變得無關緊要——就是死亡。

羅比洛現在成了多餘的人，無所事事地在辦公室裡晃來晃去。

法比安的妻子登門求見。她受著焦慮的驅使，在祕書的辦公室裡等待著李維埃接見。祕書悄悄地抬頭看著她的臉。這使她感到有點不好意思。她靦腆地打量著周圍：這裡的一切似乎都不歡迎她。那些仍在繼續工作的人，好像是踩在別人的屍體上前進；那些檔案文件，裡面記載著人的生命、人的痛苦，只剩下了一串冷酷的數字。她找尋著有法比安消息的一些標誌。在她家裡，一切都表明丈夫不在：半掀的棉被、煮好的咖啡、一束鮮花……而這裡，她卻沒有發現任何跡象。這裡的一切和憐憫、友誼、回憶都是格格不入的。這裡沒有人在她面前提高嗓門說話，她唯一聽見的一句乃是一個職員索要一份清單時罵人的話：「……發電機的清單，活見鬼！就是我們發往桑托斯的那批發電機。」她帶著無限驚訝的表情舉目望著這個人，又望著掛在牆上的地圖。她的嘴唇微微顫抖起來。

她尷尬地猜到這地方表現了一種對立的情緒，有點後悔自己來了。她真想把自己藏起來，強忍著咳嗽和哭泣，生怕引起別人的過分注意。她覺得自己在這個地方太顯眼了，不合時宜，就好像是赤身露體。但是，她的真理是那樣的強而有力，以至於那些躲躲閃閃的目光，暗暗地、不厭其煩地都在她臉上讀到了。這個女人非常美，她向男人展現出幸福的人生是多麼神聖。她向所有人揭示出：他們如何在行動中不知不覺地觸及了這種神聖。在眾人的注視中，她閉上了眼睛，顯露出這種在不知不覺中被毀滅的安寧。

李維埃接見了她。

她膽怯地為自己的鮮花、煮好的咖啡、青春煥發的肉體辯護。在這間更為寒冷的辦公室裡，她的嘴唇又一次輕微地顫抖起來。她發覺她的真理，在這另一個世界裡是難於表達的。從她身上煥發出來的一切熱烈得幾乎狂野的愛情、忠貞，似乎都變成一副討厭而自私的面孔。她真恨不得逃走才好。

「我打攪您了……」

「夫人，」李維埃對她說，「您沒有打攪我。不幸的是，夫人，您跟我都一樣，我們只有等待，此外沒有什麼更好的辦法了。」

她微微地聳了一下肩膀。李維埃懂得她的意思是說：「那盞燈、那頓準備好的晚飯、那些將看到的鮮花，還有什麼用處呢……」

某日，一位年輕的母親曾經對李維埃傾訴說：「對於孩子的死亡，我仍然沒法理解。使人特別難受的是那些小東西和小事情，比如我又看到了他的衣服，或者晚上醒來的時候，我心頭仍然升起的那股柔情，但是那些和我的乳汁一樣，都已經沒有用處了……」

對於這個女人也是一樣。法比安的死，可能得到明天才剛剛開始，在每一個徒勞的動作和每一件東西上表現出來。法比安將會慢慢地離開他的家。李維埃克制住自己深深的憐憫。

「夫人……」

她告退出來，臉上帶著幾乎是謙恭的微笑。她不知道自己的力量。

李維埃心情頗為沉重地坐了下來。

「但是她幫助我發現了我所追求的……」

他心不在焉地輕輕拍打著北方各中途站發來的護航電報。他沉思著。

「我們並不要求永生不死，但是不希望看到行動和事物突然失去意義。於是，包圍著我們的空虛就表現了出來……」

他的目光落到了那些電報上：

「死亡就是從這裡，透過這些再也沒有意義的電報，溜到了我們之中……」

他看了看羅比洛。這個平庸的年輕人，現在再也沒有什麼意義了。李維埃幾乎是生硬地說：

「難道需要我親自給您安排工作不成？」

李維埃推開通向祕書辦公室的大門。透過法比安太太看不懂的一些標記，法比安的失蹤顯然使他很激動：法比安駕駛的那架 **R. B. 903** 號飛機的卡片，已經在牆上的圖表中，歸在無法支配的物資欄內了。正在為歐洲郵政班機準備文件的幾個祕書，認定飛機將要延後出發時間，所以也工作得很不起勁。機場的人打來電話，請示該如何處置那些漫無目的地守候著的機組人員。生活的節奏慢了下來。

「死亡，這就是死亡！」李維埃想。他的事業活像一艘在無風的海面上發生意外的帆船。

他聽見了羅比洛的聲音：

「經理先生……他們是一個半月以前才結婚的……」

「您去工作吧。」

李維埃總是看著那些祕書，看著那些普通工、技師、飛行員，看著所有那些懷著創業信念曾經在事業上協助過他的人。他想到了過去的那些小城市，市民聽人說起一些「島嶼」，就建造了一艘船舶，滿載著希望揚帆出海。大家都變得高大起來，從自我中超脫出來，都因一艘船舶而獲得了解放：「目的，也許並不說明任何問題，但是行動卻能使人擺脫死亡。這些人由於他們的船舶而獲得了永生。」

因此，李維埃使那些電報獲得充分的意義。他讓值班的機組人員重新緊張起來，使飛行員重新具有悲壯的目標；當生命使得這個事業再次活躍起來，就像海風使帆船在大海上重新活躍起來時——他、李維埃，也正在和死亡搏鬥。

二十　希望

科摩多羅．里瓦達維亞的電報再也聽不見任何消息了。但是，二十分鐘之後，一千公里之外的布蘭卡港卻收到了第二份電文：「我們正在下降。鑽進了雲霧堆裡……」

特雷利烏的無線電臺收到了一份晦澀難懂的電文，其中出現了這麼六個字：

「……什麼也看不見……」

短波常常就是這樣：那邊的人可以聽到聲音，但這邊的人卻什麼也聽不見。然後，毫無道理地將一切又倒了過來：這個方位不明的機組，對於活著的人，已經成了超越時空的東西；無線電站的空白紙上，已經是幽靈在留下這些隻言片語了。

是燃油燒完了？還是飛行員在發生故障時，打出了最後一張牌，使飛機降落到了地面上，而並沒有被撞毀呢？

布宜諾斯艾利斯給特雷利烏發出命令：

「向他問明情況。」

無線電臺就像一個實驗室：裡面擺放著鎳片、銅線、壓力計和導體的網路。值班的工作人員穿著白色的工作服，似乎在默默地埋頭做著一個簡單的實驗。

他們用敏感的手指觸摸著那些機器，探索著磁性的太空，活似一些尋找金礦的魔法師。

「他們沒有回音嗎？」

「沒有回音。」

或許會收聽到這個意味著生命的音符。如果飛機和它的航行燈再次升到群星之間，他們也許將會聽見這顆星星在歌唱……

時間一秒一秒地流逝。光陰的流逝真像流淌著的血液。飛行是否還在繼續呢？

每一秒鐘都帶走了一個希望。流逝的時光似乎在摧毀著什麼，它似乎花了二十個世紀來觸摸一座廟宇，在花崗石中挺進，並把廟宇化作了塵埃。如今，這二十個世紀的破壞力都集中在每一秒鐘之內，威脅著一個機組。

每一秒鐘都帶走了一點東西。

那便是法比安的聲音，法比安的笑容。沉默占了上風。一種越來越沉悶的沉默，像大海沉重地壓在這個機組身上。

這時，有人指出說：

「已經一小時四十分了。再也沒有燃油了。他們不可能還在飛了。」

一切都安靜了下來。

大家就像旅行結束時那樣，在嘴唇旁邊留下了某種苦澀而平淡的味道。有件事情已經完成，但大家對此一無所知，這是一件有點令人噁心的事情。而在所有這些鎳片和銅線之間，大家感覺到：悲哀籠罩著那些廢棄了的工廠，所有這些器材都顯得笨重、無用。它們改變了性能，像枯死的樹枝那樣沉重。

除了等待天明，再也沒有什麼事好做了。

幾小時之後，整個阿根廷就將顯露在光天化日之下。而這些人待在那裡，如同待在河岸上，面對著漁民慢吞吞地拉上來的漁網，不曉得裡面究竟裝著什麼東西。

李維埃在辦公室裡，體會到了某種鬆弛之感。這種感覺只有在那些大災禍已成定局，靠人力無法回天時才可能產生。他已經讓人向全省的警察局報案。他再也無能為力，只好等待了。

但是，即使是在一個喪家中，也總得保持秩序才好。李維埃對羅比洛做了個手勢：

「給北部各中途站發電報：巴塔哥尼亞的郵件預計會大大延後送達。為了不至於過分耽擱歐洲的郵件，我們將把巴塔哥尼亞的郵件和下一班的歐洲郵件合併發送。」

他朝前稍微彎了彎身子。他需要努力想起某件事，這是很重要的。哦！的確如此。為了避免把它忘記：

「羅比洛。」

「李維埃先生？」

「請您起草一個通知：禁止飛行員把轉速超過一千九百轉。不然的話，他們會把發動機都毀了。」

「好的，李維埃先生。」

李維埃的身體更加彎曲了。現在，他首先需要的是獨處：

「您走吧，羅比洛。您走吧，老朋友……」

羅比洛面對著死亡的陰影，對這種平等的稱謂不禁害怕起來。

二十一　夜間飛行沒有中斷

羅比洛憂鬱地在各個辦公室裡間踱著。

公司的生活停頓了，因為那架預定在兩點出發的郵政班機可能已被取消，只能等天亮後再出發。那些板著臉的職員仍然在值夜，但是這種夜班沒有什麼用處。大家依然按部就班，接收北方各中途站的護航電報。

然而，電報裡的那些「晴天」、那些「滿月」、那些「無風」，喚醒的是一個沒有生氣的王國形象，一片徒有月光和石塊的荒漠。當羅比洛翻閱一份主任承辦的文件時，主任就站在對面，尊敬卻傲慢地等著羅比洛把文件還給他，似乎在說：「等您願意的時候還我，可以嗎？但這是我……」一個部下的這種態度使督察員很不高興，但是他沒能想出任何反駁的話來，便憤憤地把文件遞給了對方。主任高傲地坐了回去。「我真該把他轟出去。」羅比洛心想。他想著這場悲劇，故作姿態地踱了幾步。這悲劇可能會導致一種政策的失勢。於是，羅比洛為這雙重的不幸而痛心疾首了。

他想起了關在經理辦公室的李維埃，那個曾稱呼他「老朋友……」的李維埃的形象浮現在眼前。從來都沒有人會孤立無援到這種地步。羅比洛非常憐憫他。他頭腦裡醞釀著幾句隱含同情和安慰的話語。一種他認為十分美好的感情激勵著他。於是他輕輕地敲門。沒有人搭理。在這種寂靜的氣氛裡，他不敢敲得更大聲，便推開了門。李維埃在裡面。羅比洛第一次以平等的身分走進李維埃的房間，有點像朋友，也有點像自己想像中的那位「冒著槍林彈雨救出負傷的將軍，伴隨他撤退，並在流放中成為將軍的兄弟的中士」。

「不管發生什麼事情，我都跟您在一起。」羅比洛似乎想這麼說。

李維埃沉默無言，低頭看著自己的手。羅比洛站在他的面前，卻再也不敢說話了。雄獅即使困乏無力，仍使他害怕。羅比洛想好了一些越來越動人的忠誠話語。但是他一抬起眼睛，就看見那個忍受著巨大痛苦而低垂的腦袋，那灰白的頭髮和緊閉的嘴唇。最後，他終於下定決心：

「經理先生……」

李維埃抬起頭來望著他，從一個那麼深邃、那麼遙遠的夢境中走出來，他可能還沒有發現羅比洛的存在。沒有人知道李維埃到底在做什麼夢，不知道他有何感觸，也不知道他心裡埋藏著什麼樣的悲痛。李維埃久久地望著羅比洛，好像他是某個事件還活著的證人似的。羅比洛覺得很尷尬。李維埃越是看著羅比洛，唇邊就越是浮現出一種難以捉摸的嘲諷意味。李維埃越是望著羅比洛，羅比洛就越是臉紅。這在李維埃看來，羅比洛似乎就越發顯得是懷著一種動人的、但又是自發的好意，來證明大家的笨拙。

羅比洛感到惶惑不安。什麼中士、什麼將軍，還有什麼槍林彈雨，統統都發揮不了什麼作用了，某種難以解釋的事發生了：李維埃總是望著他。羅比洛不由自主地改變了一下神態，把左手從口袋裡拿出來。李維埃還是一直望著他。終於，羅比洛非常彆扭地莫名其妙說道：

「我聽您的吩咐。」

李維埃掏出懷錶，乾脆俐落地說道：

「現在是兩點鐘。亞松森的郵政班機將在兩點十分降落。請您叫歐洲的班機兩點十五分起飛。」

羅比洛便把這個驚人的消息傳了出去：夜間飛行沒有中斷。現在，羅比洛對主任說：

「請您把那份文件拿出來讓我審查。」

等主任來到面前，他卻說道：

「請等一等。」

於是，主任就等著。

二十二　他的第二架飛機

亞松森的郵政班機報告說它即將降落。

即使是在最糟糕的時刻，李維埃也是一個電報一個電報地關心著它的順利航行。這個人心惶惶的時刻，是對他的信念的一種回報和確證。這次順利的飛行，透過一封又一封電報宣告了其他千百次的飛行也會順利。

「並不是每天晚上都會刮颶風的，」李維埃還想道，「道路一旦開通，就不能不繼續前進。」

飛機從巴拉圭一個中途站又一個中途站上飛下來，就好像從一個繁花盛開、矮屋林立、溪水悠悠的可愛花園裡飛出來。飛機在颶風圈外飛行，一顆星星也沒有被颶風遮沒。九名乘客裹在他們的旅行毯中，額頭頂在窗口，就像頂在擺滿了珠寶的櫥窗上，因為阿根廷的那些小城鎮，已經在夜晚蒼白的星空之下，發出全部金光。飛行員在前面的機艙裡，雙手緊托著人類生命的寶貴重負，他睜大雙眼，飽覽月色，宛如牧羊人。布宜諾斯艾利斯粉紅色的燈火映紅了天際，不用多久，城裡每一塊石頭都會大放異彩，就將像傳說中的寶庫那樣。通訊員的手指下滑出最後幾份電報，就好像在空中高興地彈出一支奏鳴曲的最後幾個音符，而李維埃是懂得這支樂曲的。通訊員收起天線，接著伸了伸懶腰，打了個呵欠，微笑起來：他們到目的地了。

飛行員落地之後遇見了歐洲郵政班機的飛行員，那人背靠著他的飛機，兩隻手插在口袋裡。

「是你接著往下飛嗎？」

「是我飛。」

「巴塔哥尼亞的飛機到了嗎？」

「我們不等它了，它失蹤了。天氣好嗎？」

「好極了。法比安失蹤了嗎？」

他們交談得很少。深厚的兄弟情誼，使他們無須多費口舌就能相互溝通。人家把從亞松森運來的郵袋搬進飛往歐洲的郵政班機，飛行員總是一動也不動地待在那裡，仰著頭，後頸靠著座艙，望著天上的星星。他感到身上產生了一股巨大的力量，內心感到無比的快慰。

「裝完了嗎？」一個聲音發問說，「那就發動吧！」

飛行員沒有動彈。有人啟動了他的馬達。飛行員就從他倚靠著飛機的肩膀上，感覺到這架飛機變活了。在聽了那麼多的流言蜚語之後，在時而嚷著出發，時而又說不出發之後，現在終究要出發了。飛行員終於安下心來。他嘴唇微張，牙齒像一頭年輕的猛獸的那樣，在月光下閃閃發光。

「晚上要小心點！」

他沒有聽見同伴的忠告。仰頭面對著雲層、山嶽、江河湖海，他兩手插在口袋裡，默默地笑了。這是一種輕微的笑，但是它傳遍全身，宛如和風吹拂樹木，使整個身軀都顫動起來。一種輕微的笑，但比那些雲層、山嶽、江河湖海都要強大得多。

「你怎麼了？」

「李維埃這笨蛋把我……他以為我害怕了！」

二十三　沉重的勝利

再過一分鐘，班機便將越過布宜諾斯艾利斯。

重整旗鼓的李維埃希望聽見飛機的聲音，聽見它出現、怒吼，然後消逝，就像一支在星群間前進的軍隊發出的驚天動地的腳步聲。

李維埃雙臂交叉著從祕書之中走過。他停在一扇窗戶前面，傾聽著，沉思著。

如果他哪怕是終止一次航行，夜間飛行的事業也將完蛋。但是，李維埃趕在那些第二天欲將興師問罪的眾懦夫前面，當晚便又放出了另一個機組。

勝利……失敗……這都是一些毫無意義的字眼。生活，在這些形象的掩蓋下發展，並且醞釀著一些新的形象。一次勝利削弱了一個民族；一次失敗喚醒了另一個民族。李維埃遭受的失敗也許是走向真正勝利的一個保證。只有前進的事業才是最最重要的。

五分鐘之內，各無線電站將完成對各中途站的通告。在一萬五千公里的航線上，生命脈搏的跳動將使所有的問題迎刃而解。

風琴的音符已然響起，那是飛機。

李維埃回到工作中。當他經過時，祕書在他嚴厲的目光中都低下頭來。

偉大的李維埃、得勝的李維埃，他肩負著自己沉重的勝利。

聖-埃克蘇佩里年表

一九〇〇年（誕生）

六月二十九日，聖-埃克蘇佩里（全名安托萬·德·聖-埃克蘇佩里）出生於法國里昂的一個貴族家庭。

父親讓·德·聖-埃克蘇佩里伯爵和母親瑪麗·德·馮斯科隆布育有五個孩子，他排行老三。兄弟姊妹的年齡相差無幾，彼此趣味相投。兩個姊姊也有作品出版。

八月五日，到聖莫里斯城堡（安省）度假。此後，童年的每一個假期都在這裡度過。

一九〇四年（四歲）

三月，父親突發腦溢血去世。

沒有固定收入的母親帶著五個孩子從里昂的公寓搬到了外祖父母的拉莫爾城堡（瓦爾省）居住。

整個冬天，全家都住在貝爾古爾廣場的阿姨家，來年四月，重回到拉莫爾城堡。

一九〇七年（七歲）

二月十二日，外祖父因感染西班牙流感去世。母親悲痛之下帶著孩子離開拉莫爾城堡，前往聖莫里斯生活。

一九〇八年（八歲）

進入里昂基督教學會修士會學習。

一九〇九年（九歲）

在祖父的邀請下，母親帶著他和弟弟、妹妹搬去勒芒，在祖父家附近租了一間小公寓生活。

十月，開始在聖克魯瓦耶穌會學校走讀學習，他的父親童年時也在這所學校就讀。

一九一〇年（十歲）

兄弟姊妹分散在勒芒和里昂，母親要時常往返於這兩座城市。

開始頻繁給母親寫信，這些信件在一九四九年被他的母親捐贈給法國國家檔案館。

在之後幾年從勒芒寄給母親的書信中，他寫道：

「我從六歲開始寫作。不是飛行讓我去寫書。我想如果我是礦工，可能我就會在地底下汲取經驗。如果我是學者，或許我會在圖書館裡……找到我的創作主題。」

一九一二年（十二歲）

暑假期間，常去聖莫里斯附近的昂貝略貝利埃弗爾機場。

七月底，不顧母親和阿姨的反對，跟隨飛行員加布里埃爾·弗羅布萊夫斯基-薩爾維茲乘坐了飛機。第一次體驗飛行的感覺，被其稱為「天空的洗禮」。

一九一四年（十四歲）

第一次世界大戰爆發，母親決定留在聖莫里斯。他和弟弟被送到城堡附近的蒙格雷聖母學校讀書，但很討厭那裡森嚴刻板的教學管理制度。

與同學創辦了一份報紙《初四回聲報》，負責卷首頁和詩歌專欄的寫作，並且憑藉〈帽子歷險記〉獲得年度最佳作文獎。但這份報紙只辦了一期就被學監停刊，其間還招來當地警察。

一九一五年（十五歲）

為了保護孩子不受戰爭波及，母親將他和弟弟弗朗索瓦送去弗里堡，之後兄弟倆進入聖讓別墅就讀，這個學校給予學生很大的自主權，整個學習氛圍很自由包容。

在這裡，結識了他一生的摯友夏爾·薩萊斯、馬爾克·薩布朗、路易·德·博訥維。

開始大量閱讀杜思妥也夫斯基、波特萊爾、馬拉美等人的文學作品，這些作品為聖-埃克蘇佩里之後的創作鋪墊了極為豐厚的營養土壤。

一九一六年（十六歲）

不斷創作詩歌、音樂，並在學校劇團裡表演戲劇。

六月，前往巴黎參加高中畢業會考的文學部分考核，通過了拉丁語和希臘語寫作考試。

一九一七年（十七歲）

七月，通過高中畢業會考的哲學部分考核，並取得業士證書。這年夏天，十五歲的弟弟弗朗索瓦因病去世，之後的《戰爭飛行員》記述了這段哀痛的經歷。

九月，決定報考海軍學校，隨後在巴黎的博絮埃中學準備入學考試。用功讀書之餘，頻繁出入巴黎的劇院和招待會。

在阿姨舉辦的文學沙龍上，結識了加斯通．伽利瑪、安德烈．紀德等當時巴黎文壇的知名人物。

一九一八年（十八歲）

巴黎遭到空襲之後，轉移到布拉雷納市的拉卡納爾中學，繼續備考海軍學校。

一九一九年（十九歲）

六月，通過了海軍學校的筆試，但面試落選。

同年，創作了一系列詩歌，詩集取名《告別》。

一九二〇年（二十歲）

三次報考海軍學校失利後，以旁聽生的身分來到巴黎美術學院建築系就讀。卻時常不去上課，而是在馬拉蓋河岸的咖啡館裡寫詩或畫畫。

四月，母親的姑婆去世，將聖莫里斯城堡遺贈予母親瑪麗。

一九二一年（二十一歲）

四月，為實現飛行的夢想，應徵入伍。隨後以「空軍地勤人員」的身分被編入史特拉斯堡第二飛行隊。之後自費報名了費用高昂的飛機駕駛課程。

六月十八日，第一次駕駛飛機。

七月九日，完成第一次單人飛行。

七月底，駕駛的飛機迫降——飛行生涯中的第一起事故。

八月，成為摩洛哥卡薩布蘭卡第三十七飛行團飛行員。

十二月，獲得軍事飛行資格證。

一九二二年（二十二歲）

一月，在伊斯特爾被授予見習飛行員資格。隨後在阿沃爾空軍學院就讀了四個月。

十月十日，被任命為預備役少尉。

十一月，加入布爾歇第三十四飛行團。

一九二三年（二十三歲）

春天，擅自駕駛一架他無權使用的飛機，意外失事，導致頭部骨骼受傷，在醫院休養十五天。

六月，服役結束想留在空軍，遭到未婚妻家人反對，只好妥協到工廠做了一名生產監督員。

由於工作相當無趣，幾個月後選擇解除了婚約。

一九二四年（二十四歲）

五月，加入蘇勒卡車公司，經過兩個月的實習期，成為公司業務代表，經常出差卻沒有賣掉一輛車。

一九二五年（二十五歲）

四月，創作短篇小說《舞女瑪儂》和詩歌《永別》。

一九二六年（二十六歲）

四月一日，在雜誌《銀色海船》上發表短篇小說〈飛行員〉（《南方郵航》的雛形）。

七月，拿到公共運輸飛行員駕駛資格證。

十月，加入拉德高埃爾航空公司擔任開發部主管。如願以償成為駕駛員。

十二月五日，進行首飛，沿著土魯斯－阿利坎特－卡薩布蘭卡－達卡航線運送郵件。那時遇見的人和發生的故事成為後來《南方郵航》的素材。

一九二七年（二十七歲）

六月二日，姊姊因結核病去世。

十月，到達朱比角，擔任朱比角機場的負責人。

一九二八年（二十八歲）

開始學習阿拉伯語，與當地摩爾人首領建立聯繫，並從摩爾人手中救出了被俘的夥伴。

同年，寫完第一部長篇小說《南方郵航》。

一九二九年（二十九歲）

在巴黎遇見早些年結識的加斯通．伽利瑪，與伽利瑪簽約並出版了《南方郵航》。

十月，被任命為阿根廷郵航公司的負責人，負責開拓南美洲航線。

在布列斯特停留，學習了海軍軍官學校的航空高級課程，也掌握了夜間飛行的技能，並在布宜諾斯艾利斯創作了小說《夜間飛行》。

一九三〇年（三十歲）

三月二十日，駕駛飛機在十二個小時內橫跨布宜諾斯艾利斯與里奧戈耶斯省，破世界紀錄。

四月七日，由於卓越的民航貢獻，獲授「法國榮譽軍團騎士」的稱號。

六月，駕駛飛機營救在安地斯山脈失蹤的朋友吉奧麥。

九月，在布宜諾斯艾利斯法語聯盟的招待會上，遇見了二十六歲的孔蘇埃洛，對其一見鍾情。

一九三一年（三十一歲）

二月，從阿根廷回法國，安德烈．紀德答應為其新書《夜間飛行》寫序言。

四月十二日，在阿加伊與孔蘇埃洛結婚。

航政郵航總公司陷入財政醜聞，在無薪休假後，重拾飛行員工作，運送郵件。

十月，《夜間飛行》由伽利瑪出版社出版。

十二月四日，《夜間飛行》獲法國費米娜文學獎。

一九三二年（三十二歲）

二月，因生活拮据，開始沿著馬賽－阿爾及爾線郵航飛行。

八月，被調去飛卡薩布蘭卡－達卡航線。

一九三三年（三十三歲）

應聘法航飛行員失敗，繼續做拉德高埃爾公司的水上飛機試飛員。由於操作失誤，事故不斷。

十二月二十一日，差點在聖拉菲爾海灣喪生，因此終止了作為試飛員的工作。

為莫里斯．布爾代的作品《航空的偉大和束縛》作序，並創作劇本《安娜．瑪麗》。

同年，嬌蘭推出一款以《夜間飛行》為靈感的香水「午夜飛行」。

電影《夜間飛行》先後在美國和法國上映。

一九三四年（三十四歲）

十二月，獲得第一個發明專利——「基於光束放射的降落裝置」。

一九三五年（三十五歲）

遭遇嚴重的經濟困境，妻子搬到旅館居住。

春天，遇見了萊昂．韋爾特，並在《法國航空雜誌》上發表文章〈回憶茅利塔尼亞〉。

四月，被《巴黎晚報》派往蘇聯，之後寫下了六篇對蘇聯的報導文章。
五月十七日，成為首位登上二十世紀三〇年代最大飛機「馬克沁・高爾基」的外國飛行員。
秋天，擔任編劇的電影《安娜・瑪麗》開拍。
十一月，貸款買下一架飛機。被法航派往世界各地巡迴演講，駕駛飛機在地中海沿線飛了近一萬一千公里。
十二月二十九日，試圖打破巴黎－西貢航線的飛行紀錄。
十二月三十日凌晨，飛機墜毀在利比亞的撒哈拉沙漠腹地。

一九三六年（三十六歲）

一月二日，在利比亞沙漠走了三天之後，和同伴一起獲救。
一月三十日到二月四日，在《永不妥協報》上發表六篇系列文章，詳細描述了在沙漠遭遇的意外。這段經歷成為小說《人類的大地》的靈感來源。
七月，長達三年的西班牙內戰開始。
夏末，將《南方郵航》改編為劇本，由導演皮埃爾・比榮開拍。他跟隨攝製組，擔任飛行鏡頭的技術顧問，並作為臨時演員參與拍攝。

八月，前往巴塞隆納報導西班牙內戰，以〈血染西班牙〉為題發表了五篇文章。

十二月七日，朋友麥爾莫茲和全機組成員在海上消失，他據此寫下〈四十八小時的沉默後……〉、〈應該繼續尋找麥爾莫茲〉等多篇文章，發表在《永不妥協報》上。

一九三七年（三十七歲）

一月，發表〈致讓．麥爾莫茲〉。

二月，用在利比亞損毀的飛機的保險理賠金購買了另一架飛機。為法航開發西非新航線。

三月，《南方郵航》改編的電影正式上映。

六月，在《巴黎晚報》的派遣下再次前往西班牙戰地前線，結識了同被派駐在外的作家約瑟夫．凱賽爾和海明威。

一九三八年（三十八歲）

春天，回到法國，駕駛飛機從美洲最北到最南勘察航線。

二月十四日，飛機在瓜地馬拉失事，身受重傷，在醫院住了幾個星期。
康復期間，苦惱於身體苦痛、經濟拮据和婚姻危機，無法寫作。
基於美國出版社建議，開始創作《人類的大地》。

一九三九年（三十九歲）

一月二十九日，獲授「法國榮譽團軍官」。
三月，《人類的大地》在法國伽利瑪出版社出版，大受好評。
六月，《人類的大地》的英譯本《風沙星辰》在美國出版。
九月，申請進入空軍，由於超齡和多次事故，只能在地面擔任教學工作。
年底，如願加入第三十三飛行大隊第二中隊，執行偵察任務。
十二月，《人類的大地》獲法蘭西學院小說大獎。

一九四〇年（四十歲）

五月二十三日，在阿拉斯執行任務，這段經歷被寫進《戰爭飛行員》。隨著貝當政府宣布停戰，第三十三飛行大隊第二中隊在波爾多潰敗。

六月二十二日，駕駛一架快要解體的飛機與中隊幾名軍官飛往阿爾及爾。

七月三十一日，接到復員令。次月初，乘船返回馬賽。

開始寫新書《堡壘》，但仍然想回到軍隊。

十一月，離開法國，先後去了阿爾及爾、突尼斯、里斯本，最後在十二月二十一日登上去美國的船，鄰座剛好是法國導演讓·雷諾瓦。

一九四一年（四十一歲）

一月，在《紐約時報》公開聲明拒絕維琪政府的任命。

八月，受讓·雷諾瓦的邀請來到好萊塢，想要促成《人類的大地》改編成電影。因動膽囊手術，只能臥床。

十一月，返回紐約。

十二月七日，珍珠港事件爆發，因支持美國加入戰爭，向學生志願軍發表〈對美國青年的談話〉，表明人道主義原則要優先於對當前局勢的擔憂。

一九四二年（四十二歲）

二月，《戰爭飛行員》的英文版《飛向阿拉斯》在紐約出版。十一月，該書法語版由伽利瑪出版社出版，但遭到維琪政府查禁，一九四三年起，該書作為地下出版物流通。

五月，在美國編輯的建議下，開始寫一部給孩子的故事。

十月中旬，《小王子》完成，決定自己畫插圖，未能趕在耶誕節前出版。

十一月二十二日，在廣播節目中發表〈首先是法蘭西〉的演講，動員所有法國人集結在同一面旗幟下。

十一月二十九日，談話內容發表在《紐約時報》上，但遭到在美國的法國同胞嘲諷。

一九四三年（四十三歲）

四月六日，《小王子》的英文版和法文版在紐約出版，立刻大為暢銷。

四月，經過不懈努力，重回軍隊。

五月初，前往阿爾及爾，與第三十三飛行大隊第二中隊會合。

六月二十五日，升任指揮官。

在阿爾及爾，與藝術家、文學家來往交流，包括安德烈．紀德、菲利普．蘇波、安德烈．德蘭等。

九月，收到妻子託人帶來的《堡壘》手稿，繼續寫作。

一九四四年（四十四歲）

五月，〈給美國人的一封信〉作為前言在阿爾及爾的《方舟》雜誌上發表。《戰爭飛行員》第二版作為地下出版物在里爾出版。

五月十六日，在他的強烈要求下，重新執行飛行任務。

六月，多次在法國南部飛行偵察。

七月三十一日，去地中海地區和韋科爾上空偵察。到法國海岸線後，雷達接收的信號中斷。雷達一直試圖捕捉可能的生命信號，最終什麼都沒發現。這是他最後一次執行飛行任務，之後音信全無。

九月八日，聖-埃克蘇佩里被宣告失蹤。

一九四五年（去世後）

七月三十一日，在史特拉斯堡大教堂舉辦全國哀悼儀式。

九月二十日，獲授「為法國而犧牲」的稱號。

一九四八年

伽利瑪出版社出版《堡壘》。其他文字作品，包括《給媽媽的信》也在之後陸續出版，本人的傳記、回憶作品也陸續問世。

母親因兒子的死亡而沉浸在悲傷中，寫詩紀念兒子，致力於出版他遺留的手稿。

一九九八年

馬賽當地漁民捕魚時發現了一個銀手鏈，上面刻有聖-埃克蘇佩里本人的名字、他妻子的名字和在紐約的出版社地址。

二〇〇〇年

五月，所駕駛的飛機的一部分遺骸在馬賽海岸附近的地中海被發現。

二〇〇三年

飛機遺骸的身分得以確認，最終確認了死亡地點，但飛機墜落的原因依然不得而知。

夜間飛行 / 安托萬．德．聖－埃克蘇佩里著；劉君強譯 . -- 初版 . -- 臺北市：時報文化出版企業股份有限公司，2024.05
176 面；14.8×21 公分 . --（愛經典；79）
譯自：Vol de nuit
ISBN 978-626-396-245-3（精裝）

876.57 113005996

本書譯自伽利瑪出版社 1931 年版法語原版《夜間飛行》。

作家榜®经典名著
读经典名著，认准作家榜

ISBN 978-626-396-245-3

Printed in Taiwan

愛經典 0 0 7 9

夜間飛行

作者—安托萬．德．聖－埃克蘇佩里｜譯者—劉君強｜編輯—邱淑鈴｜企畫—張瑋之｜美術設計—FE 設計｜校對—邱淑鈴｜總編輯—胡金倫｜董事長—趙政岷｜出版者—時報文化出版企業股份有限公司　108019 臺北市和平西路三段二四〇號四樓　發行專線—（〇二）二三〇六—六八四二　讀者服務專線—〇八〇〇—二三一—七〇五、（〇二）二三〇四—七一〇三　讀者服務傳真—（〇二）二三〇四—六八五八　郵撥—一九三四四七二四時報文化出版公司　信箱—10899 臺北華江橋郵局第 99 信箱　時報悅讀網—http://www.readingtimes.com.tw｜電子郵件信箱—new@readingtimes.com.tw｜法律顧問—理律法律事務所　陳長文律師、李念祖律師｜印刷—勁達印刷有限公司｜初版一刷—二〇二四年五月十七日｜定價—新台幣三二〇元｜

時報文化出版公司成立於一九七五年，並於一九九九年股票上櫃公開發行，於二〇〇八年脫離中時集團非屬旺中，以「尊重智慧與創意的文化事業」為信念。